BANLIEUE ROUGE SANG

Laurent Mely-Dumortier

BANLIEUE ROUGE SANG

© 2016 Laurent Mely-Dumortier

Edition : BoD - Books on Demand
12/14 rond-point des Champs Elysées
75008 Paris
Imprimé par BoD – Books on Demand, Norderstedt
ISBN : 978-2-3221-1409-2
Dépôt légal : Octobre 2016

Préface

Par Olivier Gay, auteur de Les talons hauts rapprochent les filles du ciel, *prix du premier roman du festival de Beaune.*

J'ai découvert le roman de Laurent Mély-Dumortier dans le cadre du dernier concours Fyctia. Le début de son histoire me semblait simpliste et j'ai levé les yeux au ciel en m'imaginant lire une nouvelle histoire de vampires.

Entendons-nous bien, je n'ai rien contre les vampires dans l'absolu. Ce sont des créatures fascinantes, et les romans d'Anne Rice comme le film de Neil Jordan ont bercé mon enfance (si vous n'avez pas vu Entretien avec un Vampire, faites-le, c'est excellent).

Seulement avec le phénomène Twilight, les vampires se sont multipliés dans la littérature, sous toutes les formes, sanguinaires, sexys, violents ou joueurs. Et j'avais fini par m'en lasser – jusqu'à ce roman.

La raison pour laquelle j'ai accepté de préfacer cet ouvrage est toute simple : j'ai aimé ma lecture. Petit à petit, insidieusement, je suis rentré dedans et je me suis retrouvé à tourner les pages pour chercher à connaître la suite, puis la fin. Le mythe du vampire est abordé ici sous un angle particulièrement intéressant.

L'histoire se passe à Paris, et c'est un point important pour moi. Nous sommes abreuvés d'œuvres traduites, dont l'action se déroule le plus souvent aux Etats-Unis ou en tout cas dans un autre pays. Même si nous avons déjà voyagé, ces villes n'ont pas le même attrait pour nous – pour moi – que Paris. On entend parler des bus de la

RATP, de stations de métro, de rues qui existent et de RER directs pour la banlieue. Rouge Sang, évidemment.

Bien sûr, je ne vous en dis pas plus sur le scénario – vous découvrirez bien assez tôt le fin mot de l'histoire. Mais ce qui a toujours compté pour moi dans mes lectures, c'est la profondeur des personnages. Sont-ils crédibles ? Sont-ils intéressants ? Ai-je envie de les accompagner dans leurs aventures ?

Grâce à des dialogues modernes, des répliques percutantes et des motivations en demi-teinte, la réponse est oui à ces trois questions. Laurent parvient à donner vie à ses personnages, qu'il s'agisse d'Éric, d'Élisa ou de Narjess.

Surtout de Narjess, d'ailleurs. Mais vous verrez bien.

Je ne vous retiens pas plus longtemps. Plongez toutes canines dehors dans cette banlieue – et n'oubliez pas de fermer votre porte la nuit.

Comme si ça allait *les* arrêter.

Prologue • 1

La sonnerie du smartphone retentit. Lionel Parme détourne brièvement les yeux de l'écran de son ordinateur pour celui de son mobile : « Numéro masqué ». « Et merde... », jure-t-il, jetant à terre le téléphone dans un accès de rage incontrôlable. Depuis une semaine, ces appels anonymes se succèdent ; ils le rendent irritable et nerveux. *Samedi, je vais à la police, ça ne peut plus continuer. Il est déjà 19h30... Dans cet état, je ne ferai rien de plus d'utile au bureau, autant rentrer.* Le jeune cadre dynamique ajuste sa cravate, passe un coup de peigne dans ses cheveux. Il range rapidement ses papiers, prend sa mallette et son manteau, et éteint la lumière derrière lui. En cette fin d'automne, la nuit tombe vite et la plupart des autres bureaux sont déjà plongés dans le noir. Mais en tant que jeune directeur de recherches des laboratoires pharmaceutiques Goji, Lionel Parme se doit de faire des heures supplémentaires ; ne serait-ce que pour montrer qu'il est un élément dévoué à son entreprise.

Ne reste à l'étage que le patron. Un type étrange, qui ne vient au bureau qu'en fin de journée, une fois la nuit tombée. Toujours en rendez-vous et en déplacement aux heures habituelles de travail. Mais qui oserait l'interroger sur son emploi du temps ? Pas Lionel Parme en tout cas.

Le parking souterrain des laboratoires Goji résonne des pas de Lionel, perdu dans ses projets pour la soirée – une virée entre amis dans un restaurant japonais branché au cœur de Paris. Quand soudain il s'arrête et se retourne vivement, prêtant une oreille attentive. Rien, le silence. *Pourtant, j'aurais juré entendre quelqu'un dans ce parking... Cette histoire d'appels anonymes commence vraiment à me porter sur les nerfs, voilà que j'ai l'impression d'être suivi.* Accélérant le rythme, il monte dans sa voiture, un crossover japonais, symbole de sa réussite sociale. En démarrant, il remarque une lumière rouge qui clignote sur le tableau de bord. *Sur la réserve, déjà ? J'aurais juré qu'il y avait encore la moitié du plein ce matin. Une vraie journée de merde...*

Quelques minutes plus tard à peine, alors que la voiture s'engage sur la N7 qui ramène son conducteur à son immeuble en coupant à travers la banlieue sud, elle commence à tousser, avant de caler définitivement. Panne sèche ! *Quand ça veut pas, ça veut pas... Et je vais être à la bourre pour ma soirée... Il y aura Marie-Françoise, je ne peux pas manquer ça ! Tant pis... Allons-y pour le taxi, on verra demain pour la voiture.* Alors qu'il cherche le numéro d'une compagnie sur son smartphone, il en voit un surgir au bout de la rue. « Enfin un peu de chance ! », se dit-il.

— À la plus proche station de RER, ordonne-t-il au taxi avant de s'y engouffrer.

L'esprit absorbé par ses espoirs pour la soirée à venir, Lionel ne prête qu'une attention modérée à la direction prise par le taxi. Aussi, lorsque celui-ci tourne à droite, met-il quelques – fatales – secondes de trop à réagir.

— Eh, je connais le chemin ! La gare de Choisy-le-Roi, c'est tout droit, pas à droite !

Mais pour toute réponse, il ne reçoit que le rugissement du moteur qui accélère, malgré le feu rouge une dizaine de mètres plus loin.

— STOP ! Arrêtez-vous, c'est quoi ce bordel ?! hurle Lionel pris d'une panique soudaine quand toute la tension accumulée par les appels anonymes, le parking sombre et la panne d'essence ressurgit.

Sa paranoïa devient soudain réalité – un horrible cauchemar. Il tente de saisir le chauffeur du taxi par l'épaule pour le contraindre à s'arrêter. D'une seule main, celui-ci le repousse avec une force surhumaine et le projette sur la banquette arrière ; sans même que ses yeux ne quittent un instant la route. Autour de la voiture, les rues défilent à vive allure.

Lionel inspire, tente de se calmer. Il sent l'adrénaline se déverser dans ses veines et lui fournir un regain d'énergie. Pour la première fois de sa vie, il comprend réellement ce que lutter pour sa survie signifie. Alors, quand l'opportunité se présente, il la saisit sans hésiter. À un croisement, un bus RATP entame lentement son virage, bloquant le passage au taxi fou. À contrecœur, le chauffeur appuie légèrement sur la pédale de frein, juste ce qu'il faut. Lionel tente sa chance, ouvre la portière et se jette sur le trottoir malgré la vitesse. Il roule au sol mais parvient à se rétablir. Son beau costume est foutu, il a quelques égratignures mais il est libre. Pris d'un fol espoir, il se redresse malgré la douleur et part en courant dans les ruelles.

Tranquillement, Narjess gare le taxi sur le bas-côté. Sans hâte, elle sort du véhicule, inspire profondément l'air froid de ce début de soirée et balaye la route d'un regard. De l'autre côté de la rue, là où sa proie a fui, se dressent de grandes barres d'immeubles entourées de larges dalles de béton. Quelques éclairages sont allumés aux étages, mais le rez-de-chaussée est plongé dans une inquiétante pénombre. Elle devine au loin, sans les distinguer parfaitement, les murmures étouffés de quelques jeunes faisant tourner un joint pour se réchauffer au pied de leur immeuble.

Sur sa gauche, une vaste place ceinturée de hautes colonnes carrelées. Décidément, Narjess a du mal à comprendre les goûts architecturaux de cette époque. Elle ne doit pas être la seule. Ces piliers sont devenus au fil du temps le lieu de bataille favori des colleurs d'affiches de la ville, qu'ils soient politiques ou artistiques ; en témoignent les nombreuses couches superposées d'invitations à des concerts et de slogans électoraux qui laissent à peine entrevoir le carrelage initial bleu et blanc. Une cité *sensible*, son terrain de chasse préféré. La traque peut commencer...

Prologue • 2

Lionel Parme court à en perdre haleine, droit devant lui, s'enfonçant entre les barres d'immeubles de la cité HLM. Il lui semble entendre derrière lui un pas régulier et calme, qui frappe le bitume à intervalles répétés. Il se retourne rapidement, scrute les zones d'ombres entre les grands ensembles, là où les défaillances de l'éclairage public laissent place à l'imagination la plus sombre. Mais non, rien...

Devant lui, un petit groupe de jeunes discute devant l'entrée d'un immeuble. En d'autres circonstances, il aurait pressé le pas, les yeux baissés, évitant tout contact avec ces personnes d'un milieu si étranger et que les stéréotypes s'attachent à relier à la délinquance. Mais en cet instant, ils lui semblent d'une incroyable humanité comparés à son mystérieux poursuivant. Il s'approche d'eux d'un pas vif. Ceux-ci lèvent la tête, posent leurs joints et jaugent l'intrus. « On ne dirait pas un flic, et il n'est pas du quartier. En tout cas, il a vraiment l'air paumé. » Ils se tournent vers lui et s'apprêtent à l'apostropher, à le menacer vaguement, bref à jouer le rôle que la société leur a donné quand...

Derrière Lionel Parme, dans le halo d'un lampadaire, se découpe une forme noire. Une silhouette indiscutablement féminine, de longs cheveux tombant jusqu'à la taille, une allure féline, le visage masqué par la pénombre d'où pointent deux yeux d'un bleu glacial. Tous l'observent fixement, comme des papillons fascinés par la lumière. Soudain ils entendent un rugissement rauque et profond, qui ne peut émaner que de cette apparition... Un grondement inhumain qui les plonge instantanément dans la terreur. Lionel et les jeunes ne sont plus qu'une bande de lapins pétrifiés par la vision d'un loup menaçant. Ils découvrent ce sentiment ancestral : l'instinct de survie. Ils ne sont plus que des proies. Chacun comprend qu'il doit fuir pour sa vie. Les jeunes se volatilisent en un clin d'œil. Abandonné, Lionel Parme reprend sa fuite au hasard. Il court aussi vite qu'il peut. Derrière lui, ce bruit obsédant de pas le poursuit.

Il quitte enfin la cité HLM et pénètre dans un quartier pavillonnaire. Il ralentit le rythme. Il se croit sauvé. Mais devant lui, au carrefour, il aperçoit de nouveau la silhouette noire qui surgit d'une rue perpendiculaire, tranquille, comme si elle se promenait. Elle se retourne vers lui, et malgré la distance, il sent deux yeux sinistres le transpercer.

Il repart de plus belle, plus vite, toujours plus vite. Sa course folle le mène dans une ruelle longeant les voies ferrées. Un RER passe à toute vitesse tout près de lui. Lionel Parme hurle, fait de grands signes à l'adresse du conducteur, des passagers, espérant que quelqu'un le verra, donnera l'alerte. Sans succès...

Un abri, il faut trouver un abri. Peut-être se réfugier chez quelqu'un ? N'importe qui ! Alors qu'il s'apprête à traverser la rue pour frapper à la première porte venue, il entend le même grondement sourd, presque inaudible et pourtant perçant. Il se retourne. La silhouette est là, du côté opposé à celui dont il vient. *Comment est-ce possible ?* Sur sa droite, une structure métallique enjambe les voies de chemin de fer. *Elle ne pourra pas traverser ailleurs... Si j'y parviens, je serai peut-être sauvé !* Lionel Parme monte les escaliers quatre à quatre, s'engage sur la passerelle à toute allure, quand...

La silhouette noire lui fait face, de l'autre côté de la passerelle, comme si elle venait d'en monter les escaliers. *Impossible !* Il se retourne, prêt à dévaler les marches en sens inverse. La silhouette est encore là, juste devant lui, à portée de bras. Devant l'irrationnel, l'inexplicable, un sentiment de panique s'empare de Lionel Parme.

Il inspire profondément, raidit ses muscles et ose enfin lever son regard pour croiser celui de son poursuivant. Deux yeux d'un bleu polaire, un visage oblong aux traits fins et au teint mat, de longs cheveux noirs.

— Vous…

Prologue • 3

Narjess scrute calmement sa proie terrifiée. Elle l'a amenée exactement là où elle le voulait, dans l'état d'esprit qu'elle souhaitait. Elle lui sourit, d'un rictus carnassier qui dévoile deux canines aiguisées. Sa langue passe sensuellement sur ses lèvres… Elle se délecte déjà du repas à venir… Puis elle bondit sur sa proie. Lionel Parme bande ses muscles et tente de la repousser. Peine perdue, ses bras sont balayés, rabattus contre ses côtes avec violence. Il donne un coup de genou, bientôt stoppé par ce qui lui semble être un bloc de béton, et qui n'est en réalité que la jambe de la chasseresse. « Oui, débats-toi, petit lapin, tu n'auras que meilleur goût », susurre-t-elle.

L'instant d'après, Lionel Parme sent deux piqûres à la base de son cou. Le sang s'écoule maintenant à gros bouillons de sa jugulaire. Il n'a plus peur, il n'a plus froid. Ses muscles se relâchent et s'apaisent, il s'abandonne sans plus de résistance à l'Étreinte du vampire. Il est envahi par un sentiment d'extase que même l'héroïne de ses jeunes années d'étudiant ne lui a jamais procuré. Il flotte, il se sent partir. Une petite lueur qui grandit au loin se rapproche de lui.

Narjess dépose sa victime inerte contre la rambarde métallique et lèche les dernières gouttes de sang sur ses lèvres. Le précieux nectar prend toujours le goût des dernières émotions de la victime ; et comme la plupart des vampires, Narjess apprécie particulièrement la saveur de l'effroi, surtout avec la pointe d'adrénaline de celui qui tente vainement de lutter. Certains prétendent que l'amour serait le plus savoureux, mais rares sont ceux qui ont pu y goûter…

Le sang vif et brûlant pénètre dans son corps froid et irrigue sa chair morte depuis des siècles en la fortifiant ; Narjess se sent plus vivante qu'en cette époque lointaine où son cœur battait et où elle pouvait contempler la lumière du soleil. Ses sens déjà largement supérieurs à ceux des mortels s'amplifient encore. Il lui suffirait de se concentrer pour percevoir le murmure amoureux du jeune couple dans le pavillon tout proche comme les conversations animées d'un groupe d'amis sur le quai du RER quelques centaines de mètres plus loin. Ses yeux percent l'obscurité et distinguent sans peine la minuscule souris qui se terre dans le talus d'un jardin en contrebas, tandis qu'un chat scrute aussi la nuit... sans la voir. « Tu finiras par la trouver, mon ami. » Par esprit de solidarité, ses pensées s'introduisent dans l'esprit du petit prédateur pour lui indiquer sa proie...

Puis elle revient à elle. Elle fouille rapidement les poches de Lionel Parme et se saisit de son smartphone. Elle a récupéré depuis longtemps l'ordinateur portable abandonné dans le taxi. Elle consulte le journal des appels : un numéro revient régulièrement – en plus des appels anonymes. Mais l'auteur de ces appels, elle le connaît déjà. L'autre numéro en revanche l'intrigue. Est-ce la preuve qu'elle cherche ? Elle vérifiera plus tard.

Scrutant le carnet d'adresses, elle trouve sans peine le numéro des parents de Lionel Parme et compose un SMS : « Adieu, je ne peux plus continuer. Désolé pour tout. » Puis, d'une seule main, elle balance le cadavre encore chaud par-dessus la rambarde. Celui-ci s'écrase sur le rail au moment où un RER passe en klaxonnant.

Narjess s'esquive rapidement... Un suicide de plus, personne ne remarquera que le corps est exsangue.

17

CHAPITRE I
L'entretien • 1

Se raser ou ne pas se raser, telle est la question. Indécis, Éric regarde tour à tour le rasoir dans sa main et le miroir embué. Celui-ci lui renvoie l'image d'un jeune homme au teint mat, les cheveux bruns, les yeux noisette... et surtout une barbe de trois jours ainsi qu'un petit anneau en or à l'oreille gauche, les deux objets de sa réflexion philosophique. *Pas franchement le look d'un jeune cadre dynamique...*

Éric jette un coup d'œil à son smartphone posé sur le rebord du lavabo, en équilibre précaire. L'appareil se met à vibrer et manque de tomber dans la cuvette des toilettes quand l'alarme se déclenche en affichant ce message : « Rappel : Entretien d'embauche, Société Goji. 19h00 ». « Oui, je sais, je suis à la bourre, il faut que je me dépêche », maugrée Éric à l'adresse de l'appareil inanimé.

Ses études – terminées avec succès depuis deux ans maintenant – ont abouti à un diplôme de pharmacien-biologiste. Mais aucun travail n'est venu transformer l'essai. Pour entrecouper les longues périodes de chômage, il a bien fait quelques stages sous-payés. C'est toujours bien vu pour remplir le précieux CV... mais pas la gamelle. Alors pour cet entretien, après tant d'autres échecs ponctués par des « on vous écrira », Éric veut mettre toutes les chances de son côté. Se raser de près, ôter sa boucle d'oreille – souvenir d'une année sur un autre continent – s'il faut en arriver là, pourquoi pas ?

« Oh et puis merde, je vais foirer de toute façon... » se dit Éric en jetant rageusement le rasoir dans la vasque. *Je n'y vais que pour que Pôle Emploi me lâche un peu. Pas la peine de me déguiser en pingouin. Tout ce que je* vais y gagner, c'est encore un sale coup au moral. Sans compter le sourire narquois des potes du karaté quand ils me verront avec une tête de petit bourge...

Le visage appuyé contre la vitre du RER, Éric regarde les derniers rayons du soleil couchant se refléter dans les eaux de la Seine. Sur la rive d'en face, une alternance de petites maisons pavillonnaires et de barres d'immeubles défilent. C'est sa banlieue sud. Il fut un temps où un laborieux petit peuple d'ouvriers vivait dans ces pavillons, et allait travailler dans les nombreuses usines qui fleurissaient au bord du fleuve. Puis il a fallu loger les ouvriers chassés de Paris par la hausse des prix. On a alors rasé une partie des maisons pour construire des barres HLM. Elles ont mal vieilli. Ensuite, ce sont les cadres moyens qui ont dû quitter Paris. Ça tombait bien parce qu'entre-temps les usines avaient fermé. Alors, on a rasé les usines pour construire des résidences *de standing* avec vue sur la Seine... et les HLM de la rive opposée. Le RER traverse toute cette histoire dans un grand fracas métallique. Une péniche glisse paresseusement... Les derniers rayons du soleil s'évanouissent, plongeant les berges dans l'obscurité tandis que le RER commence à ralentir.

19 heures, un soir d'hiver... pas vraiment une heure pour fixer un entretien d'embauche. Ça promet sur les horaires ! Éric se remémore une dernière fois ses notes. Le laboratoire Goji est une jeune start-up de recherche pharmaceutique. Son nom provient d'une baie prétendument miraculeuse sur les contreforts de l'Himalaya. Et leurs produits se vendent très bien dans les pharmacies bobo. Les laboratoires Goji se sont spécialisés dans l'étude des plantes exotiques et de leurs vertus médicinales. Un marché porteur certes, mais très risqué pour une petite entreprise familiale ainsi plongée au cœur d'une féroce compétition internationale. En ces temps de capitalisme débridé, pour réussir un entretien d'embauche, mieux vaut connaître les actionnaires de la boîte. Et à ce titre, Goji fait également dans l'original... La société a été créée de toutes pièces par un richissime entrepreneur en recrutant les laissés-pour-compte d'un *plan de sauvegarde de l'emploi* des laboratoires Sanofi voisins. Et malgré des heures de recherche sur le web, Éric n'a rien trouvé sur son PDG, M. Théophraste. *Comment ce gars fait-il au XXIe siècle pour ne laisser aucune trace numérique ?*

Le RER ralentit. Les panneaux bleu et blanc du quai annoncent son arrivée. Il descend. Par une froide soirée d'automne, la gare des Ardoines à Vitry-sur-Seine n'a rien de folichon. Un vaste parking s'étend au pied de la gare, prolongé par une double voie. Plus loin encore, une zone industrielle qui a dû connaître des heures plus glorieuses. Au-delà, la lumière blafarde des lampadaires éclaire un entrepôt mité par la rouille puis se perd dans un trou béant d'obscurité : un terrain vague. Encore plus loin, Éric discerne les lumières vives d'un immeuble récent, sa destination. Déprimant. Pourtant, la municipalité a fait des efforts. Le parking est planté d'arbres et la double voie ornée d'un terre-plein central fleuri. Mais difficile de lutter contre la désindustrialisation rampante.

Éric s'engage sur le long trottoir. Quelques quidams marchent en sens inverse, le regard fixé sur le quai, guettant leur RER. À cette heure, les gens normaux rentrent chez eux, ils ne vont pas au bureau. D'autres, plus chanceux, passent en voiture à vive allure, pressés d'arriver. Au contact des flaques d'eau, les pneus projettent des éclaboussures qui manquent de tacher le costume d'Éric. *Il ne manquerait plus que ça...*

Il parvient enfin devant le bâtiment qui scintille des néons fluo affichant « Laboratoires Goji ». *Nous y voilà.* Éric marque une pause pour s'imprégner des lieux. Derrière de hautes grilles, la cour pavée et les baies vitrées si tendance de ces bureaux modernes. Quelques voitures haut de gamme sont garées à l'entrée. Bien que de taille modeste, les laboratoires Goji renvoient une image pleine de modernité, de puissance, de richesse.

— Monsieur Miran, oui, je vous ai dans l'agenda de monsieur Théophraste. Je le préviens de votre arrivée, murmure la secrétaire d'une voix sucrée, avant de faire signe à Éric de s'installer dans la salle d'attente.

Rendez-vous avec le PDG en personne... va pas falloir se louper mon gars ! Une demi-heure plus tard, histoire de bien lui faire comprendre où est sa place dans l'échelle des priorités d'un PDG, la secrétaire lui fait signe d'entrer.

Chapitre II
L'entretien • 2

Au dernier étage, le bureau de M. Théophraste est le stéréotype même du lieu de pouvoir. Un immense bureau vide à l'exception de quelques stylos – Montblanc évidemment – et d'un sous-main en cuir. Ni ordinateur ni photos d'enfants. De grandes baies vitrées contemplent la Seine et les lumières de la ville. Aux murs, quelques toiles anciennes dans un style flamand. Dans un coin, un canapé profond et une table basse.

Au centre de la pièce, par sa seule présence, le maître des lieux occupe tout l'espace. M. Théophraste, PDG des laboratoires Goji, est d'une prestance qui ne laisse pas indifférent. Le costume bleu nuit à la coupe italienne sûre, et la lourde chevalière en argent à son doigt n'en sont pas les uniques raisons. De taille moyenne, l'homme paraît presque petit. Il est âgé d'une quarantaine d'années, a des cheveux poivre et sel et une barbe impeccablement taillée. Mais ce qui frappe avant tout, ce sont ses deux yeux d'un azur profond braqués sur Éric. Un regard sans âge qui semble voir au-delà de l'enveloppe charnelle et lire directement dans les âmes.

Éric se retrouve subitement plongé vingt ans en arrière. Un souvenir enfoui, refoulé depuis sa plus tendre enfance. Il revoit un homme sur le pas de sa maison – pas le même homme, mais le même regard – qui lui demande d'une voix douce : « Puis-je entrer, petit ? » À cette évocation, son corps est parcouru d'un frisson.

M. Théophraste lui tend une main ferme pour le saluer et lui souhaiter la bienvenue. Une main ferme mais froide, presque gelée. Éric chasse ses souvenirs et tente de se redonner une contenance.

— Asseyez-vous au salon, que nous puissions discuter, jeune homme... La voix est douce et autoritaire sans souffrir la moindre contradiction.

Éric retire sa main devenue moite, et l'essuie furtivement sur son costume. Tout en essayant de se maintenir droit et ferme dans un canapé bien trop mou, il débite son CV d'une voix monocorde. Depuis le temps, il le connaît par cœur : bac scientifique, études de médecine, avant d'être gentiment mais fermement réorienté vers la pharmacie. Bien sûr, à un entretien, on évite de s'étaler sur ses échecs et l'adieu fait au rêve d'une brillante carrière de chirurgien renommé ponctuée de séjours humanitaires. On axe sur la diversité des expériences, l'ouverture d'esprit. Vient ensuite le temps des stages bidon qu'on édulcore savamment, tout en veillant à la crédibilité. M. Théophraste écoute poliment ce qu'il a déjà lu dans le CV et la lettre de motivation. Son attention ne s'éveille qu'au récit du stage de fin d'études : six mois en Bolivie à étudier l'impact sanitaire de la consommation de feuilles de coca chez les indiens quechuas. Un stage payé par une bourse du gouvernement bolivien soucieux d'améliorer l'image de la feuille de coca en Occident.

— Et comment avez-vous obtenu ce stage si... original ?

Et merde, pas question de lui dire que j'ai été pistonné par un prof de fac, gauchiste sur les bords, qui a des relations dans le gouvernement socialiste bolivien. Ça ferait désordre !

— Un lien avec vos activités... comment les qualifier... militantes ?

Et re-merde. Il sait déjà...

— Je ne suis pas un spécialiste, mais monsieur Germand, mon DRH, adore les nouvelles technologies,

Google, les réseaux sociaux... Beaucoup plus instructif qu'un CV d'après lui. Il dit que vous n'avez pas le profil d'un chercheur dans un groupe privé. Vous avez un bon niveau en karaté semble-t-il, et un goût certain pour arroser vos victoires et celles de vos petits camarades d'après les quelques photos qu'on m'a transmises. Positivons, j'en retiendrai que vous avez l'esprit d'équipe. Mais le plus amusant, ce sont les photos de vous un fumigène à la main et un foulard sur le visage lors de manifestations étudiantes... Si les autres DRH font aussi bien leur travail que le mien, je comprends que vous soyez toujours au chômage, mon ami.

La voix de M. Théophraste est presque paternelle, mais aussi un brin ironique, condescendante.

Et je réponds quoi à ça, moi ?

— C'est pourquoi vous n'allez pas refuser l'offre que je suis sur le point de vous faire.

Le ton a changé. Il est ferme et ne souffre aucune objection. Éric réprime un geste pour essuyer son front où la sueur commence à perler. Ses mains sont moites, encore. Il les étale à plat sur son pantalon... avec pour seul résultat visible deux auréoles grandissantes juste au-dessus des genoux. Il réprime un frisson, déstabilisé par une attaque aussi frontale.

— Mais avant, reprend M. Théophraste, je vous saurais gré de satisfaire une petite curiosité personnelle. Nos recherches sur votre nom ont fait ressortir un autre profil curieux. Monseigneur Miran, un exorciste catholique rattaché à la Congrégation pour la doctrine de la foi, heureuse héritière de la très regrettée Inquisition. Un parent à vous peut-être ?

On est chez les fous ici... Mais où il veut en venir ?

Éric parvient à peine à murmurer :

— Je ne vois pas le rapport avec notre conversation.

— Il n'y en a aucun en effet, répond M. Théophraste. Mais c'est là tout le sel des entretiens d'embauche. Je n'ai à me justifier de rien, car rien ne sortira de cette pièce. Mais si vous voulez le poste, il va falloir me séduire. Soyez heureux que je ne vous demande rien de plus…

Éric déglutit. Il ne peut s'empêcher d'entendre le sous-entendu de menace à peine voilée sous ces dehors engageants. Il sent ses barrières mentales s'effondrer. L'autre n'a pas bougé d'un pouce, n'a pas élevé la voix, et pourtant, il est totalement à sa merci.

— C'est mon demi-frère. Je n'ai que peu de rapport avec lui. Il voyage beaucoup et reste discret. Je ne sais pas ce qu'il fait exactement pour l'Église.

— Sans importance… Je vous disais que je vais vous faire une offre que vous ne refuserez pas. J'ai un projet personnel, pour lequel j'ai besoin d'un chercheur capable de sortir des sentiers battus. Votre stage en Bolivie me fait dire que vous pouvez être celui-là. Mais j'ai aussi besoin de quelqu'un qui ne pose pas de questions et reste discret. Le salaire sera en conséquence.

— En quoi consiste ce travail ? bafouille Éric, dépassé par la tournure imprévue de l'entretien.

— Vous ne le saurez qu'après avoir signé une clause de confidentialité, le premier jour de travail.

Dans quoi je suis encore tombé, moi…

— J'ai fait préparer un exemplaire du contrat à emporter chez vous. Je vous laisse y réfléchir au calme. Mais pas trop non plus… Je suis assez pressé. Je pense que le zéro supplémentaire sur votre future fiche de paye, comparé à votre RSA, constitue un solide argument.

Chapitre III
Renaissance • 1

« Biiip, biiip, biiiip. » Le buzzer insistant réveille enfin Mgr Miran. Il ouvre les yeux sur le plafond blanc d'une chambre d'hôtel. D'un geste machinal, il éteint l'alarme et se redresse. 19 heures. L'heure de se préparer pour une longue et éprouvante soirée.

Alexandre Miran se lève, regarde par la fenêtre. Le soleil jette ses derniers rayons sur l'immeuble d'en face. La vue depuis un Ibis Budget de banlieue n'a décidément rien de comparable avec celle de sa chambre au Vatican : une rue passante, quelques bâtiments industriels vétustes et à la limite de son champ de vision, l'autoroute A86. Le doux parfum des rues romaines lui manque.

Il s'habille d'un geste hésitant. Ce soir, pas de col romain pour habiller sa soutane noire. Il enfile jean, chemise, baskets, une tenue passe-partout. Il se console en se disant que si l'affaire tourne mal, le vêtement ne gênera pas ses mouvements. Devant le miroir de la salle de bain, il se rase, se parfume, se coiffe de près et se regarde dans la glace.

La quarantaine bien sonnée, le type italien hérité de sa mère, les cheveux courts et les yeux bruns, une joue marquée d'une cicatrice, Alexandre Miran porte les traits burinés d'une vie à la dure. Pas le genre à faire craquer les filles ; peu importe, il a fait vœu de chasteté. Il chasse bien vite de ses pensées ce bref soupçon de vanité. Non, aucune fille ne songera à l'inviter ce soir. Et tant mieux, il lui faudra passer le plus inaperçu possible.

Alexandre sort de sous le lit une petite mallette, aux armoiries du Vatican. Il l'ouvre et en étale le contenu sur le matelas : une tenue de prêtre, un collier orné d'un imposant crucifix, une bible finement reliée et laquée d'or. Il passe le crucifix autour de son cou, le dissimule sous sa chemise. Puis il fait jouer le mécanisme secret de sa valise. Un compartiment caché s'ouvre. Son contenu lui poserait quelques difficultés à la douane si son bagage ne passait pas par la valise diplomatique du Vatican.

Du mouvement rapide et sûr de l'habitude, il saisit les différents éléments de son pistolet-mitrailleur automatique et les assemble, manœuvre la glissière et vérifie que la visée est ajustée. Il prend le chargeur et en examine le contenu. Contre le gibier qu'il s'apprête à chasser, il n'y a pas de place pour l'erreur. Il étale devant lui une collection de balles en métal blanc, de l'argent. Il charge l'arme et la glisse dans son costume. Sa main s'arrête un instant – par respect – avant de saisir une nouvelle arme, un pieu en chêne, gravé d'inscriptions latines. Il le pose de côté, et enfile un bracelet au complexe dispositif à ressort. Il y enchâsse le pieu, le recouvre de la manche de sa chemise et le fait jouer. Sans bruit et avec fluidité, le morceau de bois jaillit dans sa main, prêt à frapper.

Alexandre referme la valise et la range. Il prend son smartphone pour le mettre dans sa poche mais arrête un instant son doigt sur une icône. Le raccourci d'appel vers le numéro de son frère, Éric. Alexandre passe sa vie à parcourir le monde au service de la Très Sainte Inquisition. Il se corrige mentalement. *Congrégation pour la doctrine de la foi.* Mais ce soir, les hasards de la traque l'ont amené à quelques kilomètres de son demi-frère. La tentation est grande de prendre de ses nouvelles, de l'inviter à dîner et de partager un moment avec lui. Il range le portable dans sa poche. Demain, peut-être, s'il est toujours en vie.

Quelques heures plus tard, Alexandre est accoudé au comptoir du bar d'une petite salle de spectacle municipale. La pièce est sombre, surchauffée. Il sirote tranquillement un cocktail sans alcool en observant la danseuse. Sur scène, vêtue d'une imposante robe rouge à dentelles, la jeune femme virevolte aux accents d'une musique flamenco rythmée par trois musiciens vêtus de noir. Son éventail vole et dessine de nébuleuses arabesques dans les airs, tandis que ses longs jupons tourbillonnent.

Le regard d'Alexandre scrute le public. Il doute que sa proie ait placé des guetteurs dans la salle mais mieux vaut pécher par excès de prudence. Si la soirée est à l'initiative d'une association de quartier, elle attire un public plus large. Une bonne partie de la communauté espagnole locale est là ainsi que des voisins curieux. Quelques petites filles – d'une dizaine d'années à peine – veulent jouer aux grandes dans un coin. Vêtues de robes chamarrées, rouges, jaunes ou bleues, elles s'essayent elles aussi à la danse. Tout au fond de la salle, le responsable est aux commandes de la table de mixage ; il a l'air confiant. Non, personne de louche.

Alexandre retourne à son verre, adossé à un pilier en béton couvert d'affiches invitant aux concerts locaux. Il attend patiemment. Si ses informateurs ont vu juste, il sera là ce soir. Cela fait des années qu'il traque cette proie, mais les dernières minutes lui semblent les plus longues. *Et si les indications étaient fausses ?*

Un homme entre alors sur scène au rythme du battement lent de ses mains. Il s'avance vers la danseuse d'un pas majestueux, ponctuant sa danse de claquements de talons. Les musiciens l'entourent et lui cèdent la place d'honneur. Il est entièrement vêtu de noir, le teint mat. Ses cheveux de jais sont réunis en une longue queue de cheval qui lui descend jusqu'aux reins ; il porte une courte barbe taillée en pointe. L'homme entame sa chorégraphie, donnant le ton à sa partenaire mais bien vite, sa prestance l'éclipse. Emportés par le rythme, les spectateurs retiennent leur souffle. Hommes et femmes ont le regard rivé sur lui.

Alexandre lui-même pose son verre, fasciné. De ce danseur flamenco émanent une assurance et une virilité sans pareil. Ses gestes fluides et nets supplantent tout le reste. Ses mains claquent ; il pivote sur lui-même. Chacun est envoûté par le tournoiement de sa ronde.

Il faut un moment à Alexandre pour se reprendre. Il sort son smartphone de sa poche, et y affiche l'image d'une vieille peinture du XVIIIe siècle, le portrait d'un danseur flamenco. Il n'a pas besoin de la regarder, il la connaît par cœur, il a passé tant de nuits à la contempler. Il doit le faire pourtant. Une sorte de rituel. La ressemblance avec l'homme sur scène est frappante. Le cœur d'Alexandre se met à battre plus vite. Il le tient, enfin ! Après toutes ces années de traque…

Il range son téléphone, vide son verre d'un trait et ne lâche plus sa proie des yeux. *Attendre le bon moment.* L'adrénaline monte dans ses veines, ses nerfs se tendent, son corps se prépare au combat. Il sent aussi une pointe acide dans le bas de son ventre, un soupçon de peur. Qui n'en aurait pas avant d'affronter pareil adversaire ? Mais un autre sentiment s'élève dans ses tripes, bien peu chrétien. Il le refoule aussitôt. Non, ce soir, il n'est pas là pour la vengeance. Seul le devoir le guide.

Chapitre IV
Renaissance • 2

La soirée se termine enfin. Maître Luigi descend de scène, acclamé par la foule. Même Alexandre éprouve une forme d'admiration. Ce soir, si Dieu le veut, le monde sera débarrassé d'un terrible monstre. Il perdra aussi un grand artiste. Maître Luigi est plus qu'un célèbre danseur de flamenco. La légende dit qu'il a été l'un des fondateurs de cette danse, il y a près de trois cents ans…

Autour du danseur, les fans s'attroupent pour lui demander un autographe, être pris en photo avec lui. Maître Luigi se prête au jeu avec complaisance. Il prend la pose avec un sourire, adresse un mot gentil aux uns et aux autres, bavarde autour d'un verre. Alexandre n'est pas dupe, Maître Luigi est en chasse, occupé à choisir sa proie pour la nuit. Il voudrait leur crier de ne pas l'approcher, révéler à tous sa vraie nature. Mais il se tait. Le vampire doit mourir ce soir. Il ne peut prendre aucun risque. Il reste dans un coin, bouillant d'impatience et priant pour qu'il n'y ait aucune autre victime ce soir.

Son estomac se tord quand Maître Luigi sort enfin de la salle de spectacle, bras-dessus, bras-dessous avec une jeune femme. Trop jeune, trop belle pour mourir. Alexandre espère qu'il est encore temps de l'arrêter. Il part à leur suite.

Il gravit les marches de la salle de spectacle en sous-sol et ressort à l'air libre. L'esplanade devant le centre social est vide. Où Maître Luigi a-t-il pu entraîner sa proie ? À sa droite, des rues pavillonnaires. À sa gauche, un ensemble d'immeubles. Aucun endroit discret. Si, derrière lui, les bâtiments déserts d'une école. Oui, ce doit être là...

Alexandre sort de son veston son pistolet-mitrailleur. Arme au poing, il enjambe le portail ; ses sens sont en alerte. Il entend au loin comme un rire clair et sonore. À pas de loup, il traverse la cour en longeant les murs, prenant bien soin de rester dissimulé dans l'ombre. Il guette chaque bruit, chaque mouvement. Dans sa vision périphérique, il perçoit un mouvement. Il pivote brusquement, braque son flingue, mais rien. La nervosité sans doute. Il reprend sa progression.

Il avance encore, se sent épié. Il avait bien regardé pourtant, il n'y avait pas de guetteur. Et si ce n'était pas le cas ? Il est trop tard maintenant, il ne peut plus reculer. Dans la pénombre, Alexandre devine une porte entrouverte.

Silencieusement, il se glisse à l'intérieur. Il entend encore une fois un éclat de rire à l'étage du dessus. La jeune femme n'a pas conscience du piège qui se referme sur elle. Arrivera-t-il à temps ? Il voudrait se précipiter mais il ne peut pas. Sa seule chance est de rester invisible. Il reprend sa progression avec prudence. De nouveau, il lui semble entendre des pas derrière lui. Il se fige ; les pas stoppent aussi... Un écho sûrement dans ce long couloir désert. Il continue. Son cœur bat plus vite, l'adrénaline inonde ses veines.

Soudain, ils sont là. Il devine dans la pénombre d'une salle de classe deux corps enlacés. La jeune femme est plaquée contre le mur, Maître Luigi la domine de toute sa hauteur. Il la tient dans ses bras et la soulève du sol. Elle sourit. Son visage est éclairé par la lune. Elle n'a pas vingt ans, elle est belle, insouciante. Une peau couleur de lait, des cheveux roux, les yeux en amande. Elle croit toucher au bonheur dans les bras d'un légendaire danseur de flamenco. Elle se penche pour l'embrasser. Maître Luigi lui répond par ce qui pourrait passer pour un baiser dans le cou. Mais Alexandre n'a pas besoin de voir pour deviner les deux canines aiguisées qui se plantent dans la gorge de la malheureuse.

Il voudrait intervenir mais il ne le peut pas. Le moindre mouvement révélerait sa présence aux sens exacerbés du vampire, le mettant en danger sans même être sûr de sauver sa proie. Il serre rageusement les poings et attend son moment.

De loin, il distingue le changement d'expression sur le visage de la jeune femme. De la jouissance à la surprise alors que les crocs du monstre mordent sa chair ; l'incompréhension qui la gagne quand son sang chaud jaillit de la plaie ouverte ; enfin la terreur qui se dessine sur ses jolis traits quand elle comprend qu'il ne cessera de couler qu'à sa mort. Un instant, elle tente de se débattre, de se sauver. Puis l'extase de l'Étreinte la saisit, elle cesse alors de lutter et s'abandonne à son prédateur.

Le moment est venu. Entièrement absorbé par son acte contre-nature, Maître Luigi est étranger au monde qui l'entoure. Alexandre n'a que quelques minutes pour agir – moins s'il veut la sauver. Sans bruit, il pénètre dans la pièce. *Plus que quelques mètres.* Il lève son pistolet et ajuste sa cible. Il grimace. À cette distance, les balles risquent d'atteindre la jeune femme mais il n'a plus le choix. Il est sans doute déjà trop tard pour elle. « Dieu reconnaîtra les siens », murmure-t-il en appuyant sur la détente.

Trois petits bruits secs, trois détonations atténuées par le silencieux, trois balles en argent qui fusent et se fichent dans le corps du vampire. Le métal précieux déchire et brûle les chairs de la créature. Maître Luigi hurle de douleur autant que de surprise, et tombe à la renverse. Il relâche sa victime qui tombe au sol, inanimée.

Alexandre se rapproche en maintenant le vampire en joue. Du coin de l'œil, il constate que la jeune femme ne bouge plus. Le vampire, lui, se relève déjà. Alexandre presse à nouveau la détente. Une nouvelle salve de trois balles d'argent foudroie l'immonde créature et la projette contre le mur. Alexandre se rapproche. Le vampire tente encore de se redresser. Affaibli, il s'appuie sur le mur, lève la tête. Alexandre voit les blessures se refermer peu à peu. Il a peu de temps et s'apprête à lâcher une nouvelle salve.

Le regard de Maître Luigi croise celui d'Alexandre. Il n'affiche aucune peur. Au contraire, un sourire narquois s'y dessinerait presque s'il n'était défiguré par la douleur :

— Ainsi, tu m'as retrouvé, Chasseur… Félicitations ! Tu crois vraiment que l'heure est venue ? Qu'après ces décennies de traque, tu tiens enfin ta vengeance ?

Chapitre V
Une décision difficile

Éric lève les yeux du projet de contrat en soupirant. Le stylo à la main, il ne sait que penser et hésite encore à y apposer sa signature. Avant de se décider, il est venu chercher conseil auprès de son ami d'enfance, Abdel. Ce dernier l'a gentiment invité à partager son dîner.

En quête d'évasion, Éric laisse son regard vagabonder dans la pièce. L'appartement de son ami est résolument moderne. Les murs sont d'un blanc impeccable, les meubles – tous neufs et assortis – oscillent entre les tons noir et brun foncé. Presque rien ne dépasse de la commode ; tout est à sa place. Au mur est accroché un unique cadre, une photo sur bois du couple avec leur bébé. *Comment font-ils pour que ce soit aussi bien rangé ? Tout est si bordélique chez moi. Et je n'ai même pas d'enfants...*

Unique touche de désordre, la table à manger qui porte encore les marques de leur festin : quelques bols de soupe et un plat à tajine presque vides, et un panier de dattes. Éric a le ventre repu. Il tient dans sa main un verre de thé à la menthe, finement ciselé d'or. Il se tourne enfin vers son ami :

— Tu ferais quoi à ma place ?

Abdel gratte pensivement sa barbe de trois jours et le fixe de ses grands yeux marron. Ils se connaissent depuis toujours – enfin depuis la maternelle, ce qui revient pratiquement au même. Enfants, ils ont fait les quatre cents coups ; aujourd'hui, ils partagent leur passion pour le karaté. Mais surtout, hasard incroyable de la vie, près de vingt ans après leur première rencontre, ils portent le même regard sur le monde et Éric a une grande foi dans le jugement de son ami d'enfance. Abdel hésite avant de répondre :

— Franchement, je ne sais pas quoi te dire, Éric. Mon premier avis serait de te dire : « Fonce ! Tu as une chance formidable ! ». Tu es dans la galère depuis des mois. Et on te propose un CDI avec un salaire au-dessus de tes prétentions.

— Mais... répond Éric pour lui tendre la perche.

— Les clauses de ce contrat sont vraiment bizarres. Comme si tu signais un chèque en blanc, les yeux fermés. Interdiction de parler du sujet de tes recherches et une clause de non-concurrence extrêmement sévère.

— Ça arrive dans ce genre de boulot, non ?

— Après vingt ans d'expérience, sans doute. Mais là, tout paraît trop beau pour être vrai. On te propose un poste en totale autonomie, sur un projet très sensible avec un salaire mirobolant. J'aurais dit oui si tu étais un sénior que tout le monde s'arrache. Mais, *no offense*, tu restes un petit jeune sans expérience. Y a forcément un loup quelque part.

Éric reste pensif. Il n'est pas loin de présumer la même chose. Mais il n'y a pas que cela... Il ne veut pas en parler de peur de paraître ridicule. Depuis son entretien, il a un mauvais pressentiment : il a recommencé à faire des cauchemars. La mort violente de ses parents – traumatisme longtemps enfoui – hante à nouveau ses nuits. Depuis plusieurs jours, il se réveille le front glacé, des frissons dans l'échine et le souvenir de deux yeux bleus qui le fixent. *Abdel a raison : je suis dans la mouise depuis si longtemps.*

— Oui, il y a sans doute un truc louche mais je ne vois pas, répond Éric. Ce n'est peut-être pas bien grave. Après tout, ce qui compte, c'est le salaire à la fin du mois. Pour le reste, si le boulot est insupportable, ça n'est jamais que huit heures par jour.

— Peut-être un peu plus, mon pote, lui répond Abdel malicieusement. T'es cadre maintenant, et désormais, les heures sup' sont ton lot quotidien.

Éric hausse les épaules et répond avec un sourire forcé :

— Tu as raison mais contrairement à toi, je n'ai ni femme ni enfant. C'est le moment où jamais de se défoncer au boulot pour gravir les échelons !

— Je ne te voyais pas si carriériste, lui répond Abdel en fronçant les sourcils.

— Je ne le suis pas, rétorque Éric. Mais à choisir entre accepter ce boulot étrange et rester au chômage, c'est vite vu !

Éric se penche sur le contrat d'embauche posé sur la table basse. Avec application, il écrit les mots qui l'engagent définitivement, « Lu et approuvé », avant de signer.

Il ne ressent aucun soulagement. Bien au contraire, la boule d'angoisse au fond de son estomac ne fait que se renforcer. Il pressent que les ennuis ne viennent que de commencer.

Chapitre VI
Renaissance • 3

Le vampire éclate de rire, crachant un peu de sang au passage.

— Mais c'est ton jour de chance ! Je vais t'éviter de commettre un péché mortel et de connaître la damnation.

Alexandre sent alors une présence derrière lui. Cette fois-ci, ce n'est pas une illusion ; il y a bien quelqu'un dans son dos. Il pivote sur lui-même pour lui faire face. Trop tard pour éviter le coup, juste assez pour l'absorber sans trop de casse. L'attaque portée à son bras est d'une violence extrême. Alexandre est projeté au sol et son pistolet-mitrailleur vole à travers la pièce.

Allongé, il lui suffit d'un seul coup d'œil pour comprendre que la situation s'annonce mal, très mal. Son arme gît à plusieurs mètres de lui – hors d'atteinte. Maître Luigi se redresse. Trois balles en argent tombent au sol, expulsées hors du corps du vampire au moment même où ses plaies se referment.

Son agresseur s'avance vers lui, décidé à en finir. Il ressemble à un jeune homme style jean basket. Son visage est en partie caché par une capuche ; un visage terriblement blanc, pourvu de deux canines acérées et illuminé par une paire d'yeux injectés de sang. Un autre vampire...

Impossible ! Les vampires ne chassent pas en groupe. Mais Alexandre n'a pas le temps de se poser ce genre de questions. Il ne lui reste qu'une infime chance de voir le soleil se lever demain... à condition d'agir au bon moment.

Alexandre force son muscle cardiaque à ralentir. Il se lève doucement, observant le vampire s'approcher de lui. Le monstre marche à pas lents, confiant, sûr de lui, convaincu de tenir sa proie, savourant par avance sa victoire et le festin à venir. Alexandre porte la main à son cou alors que son assaillant parvient à portée de bras.

Soudain, Alexandre dégrafe le col de sa chemise, révélant le lourd crucifix en bois d'if. L'éclat insoutenable de la croix aveugle un instant le vampire. D'un geste vif, Alexandre arrache son collier et le plaque contre les chairs mortes de son adversaire. Aussitôt, celles-ci crépitent, dégageant une odeur de brûlé. Le vampire hurle de douleur.

Alexandre fait aussitôt jaillir de sa manche le pieu de bois qui y était dissimulé et l'enfonce dans le cœur du vampire. Le regard de la créature devient instantanément vitreux avant de s'éteindre et de s'effondrer.

Alexandre balaye la salle de classe du regard. La jeune femme gît toujours au sol, inerte, de même que son pistolet quelques mètres plus loin. Mais plus aucune trace de Maître Luigi. Il s'est volatilisé.

Dans l'obscurité règne un silence de mort troublé par la seule respiration haletante d'Alexandre. Il n'a pas besoin de s'approcher du corps inanimé de la jeune femme qui baigne dans son sang pour savoir qu'elle ne respire plus. Est-ce la morsure du vampire qui lui a été fatale ? Alexandre aimerait le croire. Seulement, les trois points rouges qui souillent sa robe laissent planer un doute insupportable. *L'impact de mes propres balles.* A-t-il achevé la jeune femme en tentant de la sauver ? Aurait-il pu l'éviter s'il avait été plus rapide, s'il avait pris plus de risques pour lui-même ? Il ne le saura jamais. Et un visage accusateur – un de plus – hantera désormais ses nuits.

Alexandre se tourne vers le second cadavre, un pieu en bois planté dans le cœur. Il s'arrête, stupéfait. La peau du vampire est sèche et fripée, ses yeux sont enfoncés… Quand il n'aurait dû rester que quelques os au milieu d'un tas de poussières.

Lorsqu'un vampire meurt, le temps reprend immédiatement ses droits et son corps se décompose presque instantanément. Nul besoin d'être médecin légiste pour reconnaître que la première mort de celui-ci ne date que de quelques semaines à peine. Ce qui est impossible…

Mais ni le lieu ni l'heure ne se prêtent à la réflexion. Un autre monstre rôde toujours dans la nuit, guettant la moindre faille, la moindre faiblesse pour frapper. Le crucifix n'offre qu'une faible protection. Les vampires sont les prédateurs, et les humains leurs proies ; même le Chasseur. Alexandre quitte l'école en redoublant de prudence. Chaque recoin d'ombre est un piège potentiel. Le plus infime frémissement peut s'avérer l'unique avertissement contre le pire. Le dernier couloir avant la cour lui semble sans fin ; les minutes s'étirent en heures. Mais non, Maître Luigi a bel et bien disparu…

Chapitre VII
Enquête sur un double meurtre • 1

La lieutenante de police Élisa Alvarez est adossée au tableau noir de la salle de classe, les bras croisés. Son regard oscille entre les techniciens de la police scientifique et les médecins légistes. Pour une jeune élève de l'école de police, en stage dans un commissariat de banlieue, l'occasion est inespérée : un *vrai* crime. Il ne s'agit pas d'un vulgaire petit trafic de drogue dans l'une des cités sensibles du coin ou d'un cambriolage dans les quartiers plus cossus. Non, c'est un meurtre, un double meurtre même. Sauf que son tuteur a été clair : elle doit se tenir dans un coin, observer, prendre des notes et surtout ne jamais interférer. Ça lui fait tout drôle d'être là. Elle a fait sa primaire dans cette école. Sa mère vit toujours deux rues plus loin, dans un petit pavillon, avec vue sur les tours de la cité d'à-côté, près des voies ferrées. Décidément, le coin porte la poisse. Il y a quelques jours, on a ramassé un suicidé qui s'est jeté de la passerelle du RER, à moins de deux cents mètres de là.

Élisa a fait du chemin depuis le temps où elle fréquentait le centre social voisin. À l'époque, c'était une structure pour les jeunes. Elle y allait souvent écouter des concerts. Elle est devenue une belle jeune femme de vingt-cinq ans, aux traits fins, au type espagnol, les cheveux et les yeux sombres. D'un geste machinal, elle tâte la poche de sa veste en cuir, vérifiant que son arme de service est toujours là et essuie ses mains sur son jean. *Ne stresse pas, Élisa... On t'a dit de rester en retrait, tu n'as rien à démontrer.*

Son tuteur, le capitaine Régis Gauthier, mène l'enquête. Un flic compétent, la quarantaine, qui refuse de se voir vieillir. Il étouffe et s'agite sous son veston malgré la fraîcheur de l'automne finissant. Il fait signe à Élisa de s'approcher pour qu'elle entende avec lui les conclusions de la médecin légiste. Celle-ci est penchée sur le cadavre d'une jeune femme. Une vingtaine d'année, type européen, les cheveux roux, les yeux en amande. Elle est affalée dans une mare de sang, le long du mur. Son visage rappelle vaguement quelque chose à Élisa. Sûrement une fille de la cité, de l'âge de sa sœur. Elle a dû la croiser dans le quartier. Le médecin Anita Jermine, avec son air de celle qui en a beaucoup vu, dans sa tenue blanche jetable, est penchée sur elle et relève la tête.

— Bonjour capitaine, dit la médecin en s'approchant. On se croise tout le temps ces jours-ci. Des nouvelles du cadavre qu'on a retrouvé sur les voies du RER la semaine dernière ?

— Ah oui, répond Régis Gauthier. Comment s'appelait-il déjà ? Lionel Parme. L'enquête a rapidement conclu à un suicide, il a envoyé un SMS d'adieu à ses parents juste avant de sauter.

Envoyer un SMS, tout le monde peut le faire, ça ne prouve rien, pense Élisa. *D'après ses amis et ses parents, il allait très bien. Il était juste un peu fatigué. On aurait dû creuser...*

— Vos premières constatations, docteur ? demande le capitaine en se penchant sur le cadavre.

— Vous voyez ces trois points rouges, au niveau du ventre ? Trois impacts de balle, très rapprochés. Sans aucun doute la cause de la mort. L'analyse balistique le confirmera, mais vu leur emplacement, je parierais pour un tir semi-automatique. Une arme de guerre maniée par un professionnel.

— Et là, c'est quoi ? demande Élisa en pointant du doigt le cou de la victime…

Son tuteur fronce les yeux, visiblement mécontent de son intervention. La médecin légiste fait légèrement basculer la tête de la victime, révélant deux petits points rouges, à hauteur de la carotide.

— Votre stagiaire a un bon sens de l'observation, capitaine, répond-elle.

— Je vois, bougonne-t-il. C'est quoi ?

— Si nous étions dans un film d'horreur, je vous dirais que ça ressemble à une morsure… Si vous voyez ce que je veux dire.

Les trois policiers se regardent en silence. Personne n'ose prononcer à voix haute l'idée absurde qu'ils ont tous en tête, de peur de sombrer dans le ridicule.

— Pour déterminer ce que c'est, on devra attendre l'autopsie. Je peux déjà vous donner l'heure de la mort. Hier soir, entre vingt-trois heures et minuit. Sinon, aucune trace de lutte, pas d'agression sexuelle.

Élisa se penche sur le cadavre. Le capitaine tend une main pour l'interrompre mais elle ne se laisse pas intimider.

— Son chemisier est à moitié déboutonné et son rouge à lèvres a légèrement bavé.

— Et que nous apportent ces magnifiques constatations, lieutenant Alvarez ? questionne son tuteur d'une voix sévère.

Elle se retourne, sourit et lui répond de ce ton trop sûr qui lui a déjà valu quelques inimitiés à l'école de police :

— Que la jeune femme batifolait juste avant le crime. Puisque le docteur nous précise qu'il n'y a eu ni lutte ni acte sexuel, on peut supposer qu'elle était consentante et qu'ils ont été interrompus avant de pouvoir passer à l'acte.

— Et l'autre cadavre ? demande le capitaine Gauthier, visiblement désireux de changer de sujet. Il ne jette pas un regard à sa stagiaire.

J'aurais dû la fermer. J'ai encore voulu briller, je vais paraître pédante et me faire mal voir…

Élisa tourne son regard vers le second corps allongé au milieu de la salle de classe. Un jeune homme, de type européen, jean basket, veste à capuche. Le cadavre a un trou béant dans le cœur et la peau fripée, comme momifiée. La médecin légiste est déjà agenouillée au-dessus de lui.

— Encore plus surprenant. L'autopsie nous donnera peut-être plus de détails mais il semblerait que la mort remonte à plusieurs semaines. Minimum. Causée par un objet pointu enfoncé avec une grande violence dans le cœur. Et avant qu'un plaisantin ne me pose la question, je tiens à préciser que notre cadavre a des canines certes un peu pointues mais tout à fait dans la norme.

Le silence se fait, chacun médite. Le capitaine Gauthier se tourne vers Élisa et demande d'une voix ironique et froide :

— Une première hypothèse, officier stagiaire Alvarez ? Sa voix appuie longuement sur le mot « stagiaire ».

Élisa Alvarez sent le pourpre monter à ses joues. *Tout le monde pense la même chose, tout le monde sait que c'est absurde. Et c'est à moi de le dire ? Je l'ai bien cherché…*

— Je dirais qu'on a affaire à un malade qui s'amuse à s'inspirer du mythe du vampire. Mais ça rime à quoi ?

Personne ne lui répond.

Alors que le silence s'appesantit lourdement dans la pièce, des exclamations retentissent à l'extérieur. D'un même mouvement, Élisa et Régis se précipitent à la fenêtre : un attroupement s'est formé devant la rubalise matérialisant la scène de crime. Deux agents en tenue tentent de canaliser la foule. Ils y arrivaient à peu près jusqu'à maintenant. Mais les habituels badauds ont été rejoints par une vingtaine de jeunes du quartier. Ils crient fort, questionnent les policiers et les invectivent. Régis Gauthier grimace. La situation risque de dégénérer au moindre faux pas. Et la dernière chose dont il a besoin, c'est d'agitation autour de sa scène de crime. Il se tourne vers son adjointe :

— Élisa, tu es du quartier. Tu crois que tu pourrais les raisonner ? Une de leurs amies est morte dans des conditions horribles. Je peux comprendre qu'ils soient en colère. Mais on n'est pas leurs ennemis. Et les gars de la scientifique ont besoin de calme pour travailler.

Élisa acquiesce et descend. Un instant plus tard, elle arrive à la grille de l'école. Machinalement, elle touche le brassard « police » à son bras droit, pour se donner du courage. Aussitôt, elle est interpellée :

— Élisa ! C'est bien toi ? Qu'est-ce qui se passe ici ? Les keufs veulent rien nous dire.

Elle prend une inspiration. À l'école de police, elle a bien eu une heure de cours sur la manière d'apprendre un décès à un proche, une leçon qui lui paraît difficilement applicable à cette situation.

— On a retrouvé une jeune femme, morte. La police enquête, répond-elle d'une voix qu'elle veut assurée – sans y parvenir tout à fait.

— Qui ça ? hurlent aussitôt une demi-douzaine de personnes. Quelqu'un du quartier ?

Un nœud se forme dans la gorge d'Élisa :

— Oui, une fille de la cité. Mais elle n'a pas encore été formellement identifiée, je n'ai pas le droit de vous en dire plus.

— Je sais pas qui est le fils de pute qui a fait ça mais on va lui régler son compte ! hurle quelqu'un, bientôt repris par d'autres... beaucoup d'autres.

— Du calme, répond Élisa en haussant le ton à son tour. La police va faire son travail. On va chercher le coupable, on va le trouver et le juger. Et il ira en prison pour longtemps. Et vous, vous allez rester tranquilles !

— Les keufs, on a pas confiance en eux ! Ils pensent qu'on est tous des délinquants ! Pas un instant, j'y crois, à tes belles paroles, rétorque un grand black.

Et pour appuyer ses paroles, il crache à terre, à deux doigts de la chaussure d'un brigadier. Celui-ci le foudroie du regard, et descend sa main vers la matraque pendue à sa ceinture. L'autre le toise du regard, le défiant de passer à l'acte.

Élisa s'interpose. Le jeune lui dit vaguement quelque chose. Elle cherche à se souvenir de son prénom. Vite, il y a urgence.

— Youssef ! Elle lui saisit le bras. Youssef, tu te méfies peut-être de la police. Mais moi, tu me connais. J'ai grandi ici, avec vous. Moi, tu peux me croire. Le type qui a fait ça, je le trouverai.

Youssef la regarde droit dans les yeux. Autour de lui, le silence se fait. Une cinquantaine de regards fixent Élisa.

— Tu le jures ? répond Youssef.

— Je le jure, je le trouverai. Je ne vous trahirai pas.

Chapitre VIII
Enquête sur un double meurtre • 2

Quelques heures plus tard, Régis Gauthier a rassemblé toute son équipe dans la salle de réunion du commissariat pour faire un premier point sur l'enquête. Sur un vaste tableau Velleda sont affichées plusieurs photos de la scène de crime et de ses deux cadavres. Le capitaine est assis sur une table, un Stabilo à la main. Il regarde son équipe : une demi-douzaine de jeunes hommes et femmes, assis en rond autour de lui, un calepin à la main. Parmi eux, sa jeune adjointe, Élisa Alvarez.

— Bon, si je résume, commence le capitaine, voici où nous en sommes : la jeune femme s'appelle Louise Malenne, d'après les papiers retrouvés sur elle. Elle est morte de trois balles dans le ventre. Nous attendons les résultats de l'autopsie pour déterminer le calibre de l'arme.

Pas un mot sur les étranges marques observées dans le cou. Pourquoi n'en parle-t-il pas ? OK, il n'est pas à l'aise avec ça. Moi non plus d'ailleurs mais ça n'est pas en cachant un détail troublant à l'équipe qu'on avancera.

Le capitaine poursuit son exposé :

— D'après les premiers éléments de l'enquête, Louise est une jeune étudiante sans histoire. Elle est allée avec plusieurs copines à une soirée flamenco organisée par une association espagnole au centre social. Ses amies l'ont vue pour la dernière fois repartir bras dessus, bras dessous avec Maître Luigi, la guest star de la soirée. Elles ne se sont pas inquiétées plus que ça. Elles imaginaient qu'elle passait la soirée en agréable compagnie. La localisation de ce *Maître Luigi* est notre priorité. Il est notre principal témoin, pour ne pas dire suspect. Quant à l'autre cadavre, nous l'avons identifié. Kevin Bréhaut, un jeune chômeur de la cité Barbusse, porté disparu il y a trois mois. Il est sans doute mort peu après, si on en croit les premières estimations du médecin légiste.

Mort il y a trois mois certes. Mais c'est un cadavre momifié et préservé... Ça aussi, il faudrait le dire, marmonne Élisa dans son coin.

— Pas de mobile, pas de piste. C'est maintenant qu'il faut se creuser la cervelle, reprend le capitaine.

— Pas la peine ! rugit une voix au fond de la salle.

Élisa se tourne vers le nouvel arrivant. Un homme d'une cinquantaine d'années, le genre vieux beau : cheveux poivre et sel, barbe de trois jours, blouson de cuir, bottes de motard. Régis Gauthier le prend immédiatement en grippe.

— Et vous êtes ? demande Régis Gauthier d'une voix froide.

— Commandant Martel, Brigade criminelle, répond l'inconnu en s'avançant parmi les policiers. Vous êtes dessaisis de l'enquête. La Crim' reprend l'affaire. Des détails troublants rappellent un autre meurtre sur lequel nous enquêtons déjà. Merci pour ce beau dossier, je l'embarque chez moi au 36 quai des Orfèvres et vous laisse retourner à vos petits dealers de shit. Ciao la compagnie !

Assise dans un coin de la salle, Élisa Alvarez reste pétrifiée. Le commandant Martel... *Capitaine Martel à l'époque.* Elle ne l'a pas oublié, elle ne pourra jamais. Elle se revoit, dix ans auparavant, dans le bureau du juge. Le capitaine explique à son père, l'air navré, qu'il n'y a aucune piste pour élucider la disparition de sa mère et qu'il faut clore l'enquête. Il est désolé... La colère de l'époque, celle qui lui a donnée la volonté d'intégrer la police, est toujours là, intacte. *Il va enterrer l'enquête, ce salaud... Mais je ne le laisserai pas faire cette fois-ci. La famille de Louise Malenne a droit à la justice.*

Le commandant de la Crim' n'est pas parti depuis cinq minutes qu'Élisa Alvarez entre dans le bureau du capitaine telle une furie. Elle claque la porte avec fracas :

— Capitaine, on ne peut pas laisser faire ça ! hurle-t-elle. De quel droit se permet-il ça, ce connard ? C'est notre enquête !

— Si, il peut, répond Gauthier d'une voix lasse. Et oui, beaucoup de gars à la Crim' ont pris le melon. Réfléchis-y bien, avant de faire du 36 ton plan de carrière.

— Donc une étudiante du quartier se fait dessouder et nous, on ne fait rien ? On continue à traquer les petits dealers, à enregistrer les vols de voitures et tout ça ?

— Oui, tu as très bien compris... Ça ne me plaît pas plus que ça mais on n'a pas le choix.

Le capitaine Gauthier tourne ostensiblement la tête pour replonger son regard vers son écran d'ordinateur, signifiant que la conversation est terminée. Sans un mot, mais non sans claquer une nouvelle fois la porte, Élisa Alvarez quitte le bureau de son supérieur. Elle introduit vigoureusement une pièce dans la machine à café, saisit brutalement le gobelet encore chaud, l'avale d'un trait avant de l'écraser entre ses mains et de le jeter dans une poubelle. *Ça ne se passera pas comme ça. Je ne vais pas laisser un crétin de la Crim' qui ne connaît rien au quartier faire la loi comme ça. Ici, c'est chez moi. Et je ferai mon taf quoi qu'ils en pensent là-haut...*

— Vous n'allez pas bien, lieutenant ?

Elle se retourne. Arnaud Leroux, l'un des brigadiers du commissariat, vient d'entrer dans la pièce. Elle l'aime bien, un type sympa, pratiquement du même âge qu'elle et pourtant l'un des rares à ne pas avoir essayé de la draguer. Il faut dire que son physique quelque peu ingrat ne l'aide pas : le front légèrement dégarni, un début d'embonpoint et des lunettes pour couronner le tout. En revanche, il est toujours présent pour partager un café avec bonne humeur et remonter le moral.

— Non, ça ne va pas, lui répond-elle. On nous pique l'enquête sur le double meurtre et Gauthier est un connard. Je ne suis pas entrée dans la police pour faire des rapports sur les vols de voiture. J'en ai marre…

Vider ainsi son sac devant un homme du rang est peu conforme à la déontologie, mais elle est trop furieuse pour se contenir. Elle quitte la pièce en claquant la porte derrière elle, laissant le brigadier stupéfait.

À peine sorti du commissariat de police, le commandant Martel sort son téléphone portable et compose un numéro de téléphone en Italie.

— Oui monseigneur. J'ai bien récupéré le dossier. J'ai été sans équivoque. Les flics locaux sont sur la touche. Je vais enterrer le dossier. La police française ne trouvera jamais le coupable.

Puis, après un silence :

— J'espère que votre Chasseur réussira… Savoir que l'un d'eux est à Paris… J'en ai froid dans le dos.

Chapitre IX
Premier jour • 1

En cette froide matinée d'automne, Éric Miran marche à pas lents vers l'immeuble des laboratoires Goji. C'est son premier jour. Il devrait se réjouir. Après des mois de galère, d'intérims et de stages bidon, une telle issue était inespérée ! Pourtant il n'y parvient pas. Il veut croire que c'est dû à son costume trop neuf, à sa cravate trop serrée ou encore à ses nouvelles chaussures pas encore faites à son pied. Mais au fond de lui, il sait que ce n'est pas ça. Il ne peut se défaire de la boule d'angoisse qui se loge au fond de son estomac depuis son entretien d'embauche.

En arrivant à proximité des bureaux de son nouvel employeur, Éric remarque tout de suite le petit attroupement devant les grilles de l'entrée. Ils sont une demi-douzaine, réunis autour d'une table d'où fument deux belles thermos de café. Au-dessus d'eux, un drapeau est accroché à la grille ; il est floqué de trois lettres noires : CGT. Les syndicalistes tendent des tracts aux salariés qui rentrent. La plupart d'entre eux les prennent sans les regarder, les enfouissent dans leurs poches et poursuivent leur chemin sans même ralentir, les yeux baissés. Une petite minorité leur serre la main et les salue avant de passer bien vite. Une poignée seulement s'arrête pour discuter et se voir offrir un café chaud. *En plus, il faut que je tombe en plein conflit social. Bon, pas question de me faire remarquer avant la fin de la période d'essai...*

Il adopte instinctivement l'attitude de la majorité, soumise au patron, discrète. Il avance à pas rapides, la tête plongée dans ses pensées. Peine perdue, un des cégétistes lui tend un tract. Éric en aperçoit le titre : « Non au brevet sur le vivant ! Halte aux recherches sur l'Aconit ! » Il fait signe de la main qu'il refuse le tract. L'autre l'apostrophe :

— Eh, toi, je te connais pas ? Tu fais partie de la boîte ?

Difficile de ne pas répondre sans paraître impoli. À contrecœur, Éric se retourne en gardant ses distances :

— Oui, c'est mon premier jour.

— Alors, mon gars, faut que je t'explique où tu mets les pieds, répond le syndicaliste en s'approchant d'un air aimable.

Et merde, comment je vais me sortir de là ?

— Laisse tomber, intervient un second syndicaliste qui se tourne à son tour vers Éric. Vous devez être mon nouveau chef. J'aurai bien le temps de tout vous expliquer à la pause-café. Je ne veux pas vous mettre en retard à votre rendez-vous avec le DRH.

Sauvé par le gong ! Éric adresse un bref sourire à son sauveur et semble-t-il futur collaborateur. L'homme est plutôt petit, front dégarni et barbe en collier. Il porte une veste en jean élimée et un foulard rouge vif autour du cou. *L'air sympa mais un peu soupe au lait*, juge Éric d'un coup d'œil. *Et donc, pour couronner le tout, je vais devoir manager le délégué syndical de la boîte. Super...*

Quelques minutes plus tard, changement de décor radical. Éric serre la main ferme et vigoureuse de Jean-Marc Germand, le DRH des laboratoires Goji, venu l'accueillir. Un type grand, la quarantaine, plutôt rondouillard, portant des lunettes jaune vif qui ne lui vont pas du tout. Il est vêtu d'un costume dernier cri, taillé sur mesure. Ses premiers mots sont tout sauf amicaux :

— Le PDG m'a chargé de vous accueillir. Bon, mettons tout de suite les choses au point. J'avais recommandé à monsieur Théophraste de ne pas vous embaucher. J'ai déjà assez de gauchistes en bas. (Il désigne par la fenêtre les syndicalistes.) Je n'en ai pas besoin parmi mes cadres. Donc je vais être clair. Je ne peux hélas empêcher les opérateurs et agents de maîtrise de se syndiquer. Mais vous, vous êtes cadre. Ainsi dans la *lutte des classes*, vous vous placez maintenant côté patron. Tâchez de ne pas l'oublier. Je ne veux pas de cinquième colonne dans l'encadrement. Restez loin d'eux, ne faites pas de vagues et tout ira bien. Dans le cas contraire, je ne vous raterai pas.

Jean-Marc Germand marque une pause, puis reprend tout sourire, comme si sa phrase précédente n'était pas lourde de menace :

— Cette petite mise au point effectuée, je vous souhaite la bienvenue dans l'entreprise. Vous prendrez bien un café pendant que je vous en explique les grandes lignes ? Puis je vous présente à l'équipe avant de vous montrer votre nouveau bureau. Yves Lagneul, notre nouveau directeur du service Recherche et Développement, vous y expliquera votre mission.

Génial l'accueil ! Trop sympa ce DRH, je sens qu'on va bien s'entendre...

Guidé par M. Germand, Éric entame alors un long périple à travers les bureaux de la société. À chaque fois, c'est le même rituel. Le DRH entre dans le bureau, serre la main à tout le monde en appelant chacun par son prénom. *Voilà bien un truc de DRH, ça, de montrer aussi ostensiblement qu'on connaît tous les employés par leur prénom*, pense Éric tandis qu'il est présenté :

— Voici notre petit nouveau, Éric Miran. Notre dernière recrue en tant qu'ingénieur de recherche.

Éric serre les mains, murmure un vague « enchanté » pendant que chacun des membres du bureau lui souhaite la bienvenue et explique ses fonctions. Mathilde à la compta, Abdel au courrier, Salomé une autre ingénieure de recherche – à moins que ça ne soit Fatima ? Il s'embrouille. Au cinquième bureau, il sourit toujours mais a complétement abandonné l'idée de retenir tous ces noms. Ça sera déjà bien s'il se souvient ce soir de l'emplacement du bureau administratif, de la cafétéria et de deux ou trois autres lieux stratégiques. Pour le reste, on verra plus tard.

En approchant du bureau du PDG, Éric sent une acidité dans son estomac. Les locaux de M. Théophraste ressemblent à l'antre d'une bête féroce. *Merde, pourquoi je réagis comme ça ? Je n'arrive pas à contrôler cette peur. Pourquoi cette impression de déjà-vu ?* L'idée de croiser à nouveau ces deux yeux bleus lui est insupportable.

Heureusement, le DRH passe devant la porte sans ralentir.

— Monsieur Théophraste est absent aujourd'hui.

Chapitre X
Rendez-vous • 1

— Mon Père, voici l'ensemble du dossier concernant le double meurtre de l'école de Choisy-le-Roi.

Le commandant Martel fait glisser sur la table en zinc une fine chemise cartonnée. Alexandre Miran pose la main dessus. Il lève les yeux vers l'officier de police et, occasionnellement, informateur de la Congrégation pour la doctrine de la foi. Même si pour Alexandre Miran, la Congrégation est et restera toujours la Très Sainte Inquisition.

— Merci mon fils. L'Église saura en faire bon usage, répond-il. Je rappellerai également en haut lieu le rôle important que vous avez joué dans cette affaire.

Le Chasseur porte un verre de vin à ses lèvres ; le commandant lève une pinte de bière – pour rester discret, Alexandre Miran donne ses rendez-vous dans les cafés. Dos au mur, il a une vue panoramique de la salle : un bistrot classique de banlieue. La décoration est vieillotte, les murs en papier peint orange mériteraient un rafraîchissement. Le bar pourrait accueillir une cinquantaine de clients mais il est presque vide. Deux étudiantes révisent à une table ; des piliers de comptoir font la conversation au barman ; une famille se réchauffe autour d'un chocolat chaud. *Personne de louche, détends-toi mon vieux.* Mais son instinct lui impose de rester en alerte – malgré la lumière rassurante du soleil de cette fin d'après-midi.

— Je peux vous poser une question ? demande le commandant Martel.

Alexandre fait la moue. L'existence des vampires n'est connue que d'un très petit nombre d'initiés au Vatican, et l'usage veut que les informateurs extérieurs en sachent le moins possible. *Le secret est la meilleure arme dans ce combat contre les créatures de la nuit. Il les tue plus lentement mais plus sûrement que mes pieux.* Alexandre acquiesce néanmoins.

— Je croyais que les vampires avaient perdu leur capacité à se reproduire. Pourtant, le jeune Kevin Bréhaut était bien un vampire, non ?

Il pousse un long soupir. S'il y avait une question à laquelle il ne voulait pas répondre – d'autant qu'il n'a pas la réponse – c'était bien celle-là.

— Oui, d'après les archives secrètes du Vatican, il n'y a plus eu de nouveau-né depuis le Siècle des Lumières. C'est l'un des effets les plus visibles de leur lente mais inexorable perte de pouvoir entamée il y a bientôt trois cents ans.

Le Chasseur déglutit rapidement avant d'enchaîner :

— Du moins, c'est ce que l'Église tenait pour vrai avant que je ne plante un pieu dans le cœur de ce Kevin il y a trois jours.

— Et qu'est-ce que cela signifie ? interroge Martel avec une pointe d'angoisse dans la voix.

— J'aimerais le savoir. C'est pourquoi je dois retrouver Maître Luigi dans les plus brefs délais. Et je compte sur vous. Je vous rappellerai...

Alexandre Miran se lève, signifiant que l'entretien est terminé.

Le commandant Martel termine lentement sa bière. Les consignes du prêtre sont claires : il doit attendre au moins trente minutes après son départ avant de quitter les lieux à son tour. Et bien sûr il doit être rentré avant le coucher du soleil. L'homme est paranoïaque. Logique... quand on dédie sa vie à la traque du plus dangereux des prédateurs.

Des vampires qui se reproduisent... Leur espère n'est donc plus en voie d'extinction. Cette seule pensée me fout la pétoche. Il fait signe au barman de le resservir... du whisky cette fois. *J'en ai bien besoin. Je ne dors plus depuis cette histoire.*

Les verres finissent par se multiplier et la demi-heure réglementaire est écoulée depuis longtemps mais Luc Martel ne part pas. L'inquiétude le ronge et il entreprend de la noyer dans l'alcool. La nuit est tombée lorsqu'il se décide enfin à partir. Il enfile son blouson en cuir et attrape son casque de moto sur la chaise voisine. L'air est frais. À cette heure tardive, les commerces sont fermés. Quelques lampadaires éclairent un passage tortueux menant à une galerie couverte plongée dans l'obscurité. L'endroit est désert, loin des rues plus passantes.

Malgré un esprit brumeux, Luc Martel n'est pas serein ; un picotement derrière la nuque, l'impression d'être observé. *Glauque ce coin. Même sans savoir que les vampires existent, je n'aimerais pas m'y attarder.* Le regard professionnel du commandant identifie rapidement deux jeunes assis sur un banc. *Sûrement des guetteurs... Il doit y avoir un dealer dans les parages. Rien d'autre à l'horizon.* Les jeunes semblent tout aussi aguerris : en poursuivant sa conversation, l'un d'eux pianote sur son portable et signale la présence du flic.

Luc Martel quitte avec soulagement la dalle déserte et descend les escaliers qui mènent dans la rue où est garée sa moto. L'impression d'être suivi ne s'estompe toujours pas. Il lui semble même entendre des bruits de pas derrière lui. Il se retourne vivement, mais non, personne. Les deux guetteurs ont disparu. Martel s'arrête un instant et s'appuie sur la rampe de l'escalier. Il prend le temps de respirer calmement, d'évacuer le trop-plein d'alcool et de stress. En des années de planque, il en a vu d'autres. *Je vais descendre tranquillement, monter sur ma moto, et dans une demi-heure, je serai en sécurité à la maison.*

Au moment où il détache son engin, il constate que les deux pneus sont à plat. Le caoutchouc est lacéré. *Des coups de couteaux.* « Putain de petits dealers de merde… si je vous chope », rugit-il.

Il balaie la rue d'un regard. C'est l'une des principales artères de la ville, avec un couloir dédié aux bus et même une plate-forme d'échange flambant neuve. Tout près, des immeubles et la façade arrière d'une église. Quelques voitures passent rapidement, mais aucune trace des deux guetteurs de tout à l'heure. Soudain, le commandant croise le regard d'un homme sur le trottoir d'en face. Il se tient les bras croisés, le visage dissimulé par une capuche. Martel distingue clairement ses deux yeux qui luisent dans la nuit.

Il porte instinctivement la main au holster sous son blouson. Le contact froid et métallique de la crosse de son arme de service ne le rassure qu'à moitié. *Une protection dérisoire si ce type est bien ce que je crois.* De l'autre main, il pianote fébrilement sur son téléphone et chuchote d'une voix paniquée :

— Chasseur, venez. Il y en a un en face de moi…Faites vite bordel, il vient vers moi…

CHAPITRE XI
Un bien curieux hasard

La lieutenante de police Élisa Alvarez réprime un bâillement ; une longue garde se termine. Heureusement, la nuit est calme. Il sera bientôt l'heure de rentrer chez elle.

Sur son bureau sont étalés tous les éléments qu'elle a pu collecter pour son enquête parallèle sur les meurtres de Louise Malenne et Kevin Bréhaut : des photos de la scène de crime, des rapports de voisinage qui ne révèlent pas grand-chose et les fadettes de Maître Luigi qui constituent le seul élément intéressant. Ce principal suspect qui demeure introuvable et dont la véritable identité est inconnue. La seule piste est le numéro de téléphone confié par l'organisateur de la soirée.

Le lieu de travail de la jeune lieutenante est déprimant. Un petit local aux peintures défraîchies, éclairé d'une vitre sale et chichement meublé d'une armoire où s'entassent les dossiers et un plan de travail. Une touche personnelle cependant : une photo d'Élisa lors de son baptême de parapente.

Elle reporte son attention sur les fadettes. Le téléphone de Maître Luigi est un portable prépayé, acheté sous une fausse identité. D'ailleurs, la majorité de ses correspondants utilisent le même système. *On peut raisonnablement en déduire que Maître Luigi et son entourage ont des choses à cacher. En tout cas, ça ne m'aide pas à le localiser. Le téléphone est éteint depuis le soir du meurtre. Sans doute au fond d'une poubelle ou dans la Seine à l'heure qu'il est.* Quelques appels en lien avec le monde du flamenco mais personne ne connaît Maître Luigi en dehors de la danse. *Encore une impasse…* Reste un numéro de téléphone, très surprenant. Celui d'un certain Lionel Parme, défunt directeur de recherches aux laboratoires Goji et « suicidé » quelques jours plus tôt à deux pas de la scène de crime.

Je devrais en référer à mes supérieurs. C'est le devoir de tout officier de police. Sauf qu'il faudra leur dire comment j'ai obtenu les informations et avouer que j'ai récupéré ces fadettes sans autorisation alors même que j'ai été déchargée de l'enquête… Le capitaine Gauthier m'a déjà en grippe. Je risque au mieux le blâme, au pire la radiation. Pas question ! Et puis le commandant Martel… Il n'a pas été capable de retrouver l'assassin de mon père, il n'y arrivera pas plus aujourd'hui. Hors de question que je le laisse à nouveau détruire la vie d'une famille par son incompétence ! Non, je continue l'enquête seule…

Confortée dans sa résolution, Élisa se sert un café noir bien serré. La nuit est longue. Lionel Parme et les laboratoires Goji restent sa seule piste. Mais comment y enquêter sans autorisation officielle ? *Un indic, il me faut un indic… Comment en trouver un dans un cas comme ça… Réfléchis ma petite, tu peux y arriver.*

Elle allume son ordinateur – une vieille bécane obsolète. Après de longues minutes à contempler l'écran noir, elle accède enfin au STIC, la base de données de la police référençant toutes les « infractions constatées » – une définition assez large puisqu'elle inclut aussi bien les meurtriers présumés que les amendes pour excès de vitesse. Élisa y est d'ailleurs en tant que victime dans l'affaire de l'assassinat de son père. Le STIC est un grand fourre-tout qui répertorie un peu plus de dix pour cent de la population française. Avec un peu de chance, elle trouvera bien dans la masse un employé des laboratoires Goji…

Au même moment, la porte du bureau s'ouvre à la volée. C'est le capitaine Régis Gauthier. Il considère que son statut de supérieur hiérarchique l'autorise à entrer dans les bureaux de ses collaborateurs sans jamais frapper ; surtout si cela lui permet de les prendre en faute alors qu'ils s'octroient quelques instants d'évasion au milieu de la journée — ou de la nuit dans le cas présent.

Avant même de dire bonjour, il promène son regard dans la pièce, tentant d'évaluer la nature du travail qu'il vient d'interrompre. Il fronce les sourcils, le résultat de ses constatations ne semble pas lui plaire.

— À quoi êtes-vous occupée, lieutenant Alvarez ? Je croyais avoir été clair. La commissaire a un besoin urgent des statistiques de vols de téléphone du mois. Or je vous trouve en train de consulter les éléments d'une affaire dont vous êtes déchargée ?

Inventer quelque chose, vite. Elle bredouille, hésitante :

— C'est pour mon rapport de stage. Nous devons… nous devons faire une note de synthèse sur… oui, sur les modes opératoires de la police scientifique sur les scènes de crime.

Le capitaine pose ses deux mains sur le bureau d'Élisa et la regarde droit dans les yeux :

— Pas d'entourloupe avec moi, petite. Je vous ai à l'œil. Au moindre écart, je ne vous raterai pas. Donc, vous me communiquerez cette *note* pour avis avant de l'envoyer. Et surtout, je veux vos chiffres sur mon bureau avant la fin de votre service !

Puis, sans plus d'au revoir que de bonjour, il sort du bureau et omet sciemment de refermer la porte.

Élisa soupire. *Fait chier. Il m'emmerde avec ses statistiques.* En bougonnant, elle retourne sur le STIC.

Une demi-heure plus tard, elle médite sur la fiche à l'écran, tout en avalant sa troisième tasse de café de la nuit. Il lui faut bien ça pour encaisser la nouvelle. *Ça ne peut pas être un hasard...* La photo est celle d'un jeune homme, à la barbe de trois jours, un anneau en or à l'oreille. *Plutôt mignon.* Elle relit la fiche : Éric Miran, vingt-cinq ans. Il apparaît à plusieurs reprises. La première fois, comme victime. Son père et sa mère ont été tués à leur domicile ; lui a été mystérieusement épargné. Son demi-frère était absent au moment des faits. Il n'avait que cinq ans. L'affaire n'a jamais été élucidée. Parmi les enquêteurs de l'époque : le lieutenant Martel... « Non, impossible » murmure-t-elle. Un mauvais pressentiment l'envahit. Ce déclic – ce moment précis où la vie bascule quand on met le doigt dans un engrenage dangereux. Il lui suffirait d'éteindre son ordinateur et d'oublier ce qu'elle a découvert pour se ranger et reprendre une vie ordinaire de flic moyen dans un commissariat de banlieue.

Non, je dois savoir. Et si tous ces meurtres étaient liés... Et pas uniquement par le même enquêteur ? S'il n'existe qu'une infime chance de retrouver le meurtrier de mon père, je dois la saisir. Coûte que coûte.

Élisa poursuit sa lecture de la fiche d'Éric Miran. Le jeune homme a eu plusieurs fois affaire à la police. Des petits délits mineurs mais qui lui fournissent un moyen d'approche. Son indic, elle l'a trouvé. Elle sourit intérieurement...

Chapitre XII
Premier jour • 2

Enfin. Après d'interminables discours de présentation – un véritable parcours du combattant –, Éric se tient devant l'entrée de son nouveau bureau : une épaisse porte blindée, s'ouvrant grâce à un badge magnétique. Elle donne sur une salle en sous-sol, sans fenêtre. Un laboratoire de biologie au vu des nombreux équipements qui meublent l'endroit. Deux hommes on l'air de l'attendre. Le syndicaliste croisé à l'entrée et un homme à la carrure de sportif, la trentaine et le crâne rasé. Ce dernier tient entre ses mains une fine enveloppe en papier kraft.

— Bonjour ! Je m'appelle Yves Lagneul, directeur du service Recherche et Développement. Je serai votre nouveau N+1. Et voici Christophe Zalmer, le laborantin qui vous assistera dans vos recherches.

Il marque une pause et reprend d'une voix tendue. Ce qu'il s'apprête à dire ne semble pas lui plaire :

— Le projet pour lequel vous avez été embauché est confidentiel. Vous n'en rendrez compte qu'à notre PDG, monsieur Théophraste. Mon rôle vis-à-vis de vous sera uniquement managérial. Je vous remets dans cette enveloppe le code du coffre sécurisé qui se trouve au fond de votre laboratoire. Vous y trouverez toutes les indications nécessaires à votre projet, m'a-t-on dit…

Jean-Yves Lagneul tend l'enveloppe à Éric, lui serre la main et sort rapidement. Il semble pressé de partir. *C'est tout ? Expéditive cette intro. Il n'y a décidemment rien de normal dans cette boîte.* Il se tourne vers son nouveau collaborateur. Christophe Zalmer a fait tomber l'écharpe rouge et le badge CGT. Son front dégarni et sa barbe en collier surmontent désormais la blouse blanche du laborantin. Il sourit :

— Eh bien, bienvenue dans la boîte, *chef* ! Il faut excuser monsieur Lagneul, il n'a été embauché qu'avant-hier. Et encore, dans des conditions très particulières. Son prédécesseur, Lionel Parme, s'est suicidé la semaine dernière. Monsieur Lagneul l'a remplacé au pied levé, sans passation ni consigne. Il découvre tout juste que les laboratoires Goji ne sont pas une entreprise ordinaire... Mais vous aurez rapidement l'occasion de vous forger votre propre opinion. Bon, je nous prépare un café, pendant que vous faites le tour du propriétaire ?

Tandis que Zalmer se dirige vers la machine à café, Éric balaie des yeux *son* laboratoire. La pièce est grande et contient tout le matériel nécessaire aux analyses pharmaceutiques. Larges paillasses, rangées de tubes à essai, étuve étanche, microscope, frigo, armoires remplies de différents produits et même un spectromètre de masse. Dans le fond, des cages où s'ébattent une douzaine d'indispensables souris de laboratoire. *De quoi faire du bon boulot.* Séparé par une paroi vitrée, un espace bureau, avec deux plans de travail. Sur l'un d'eux, un petit cadre numérique fait défiler des photos. La première montre Christophe Zalmer enlaçant deux enfants sur fond de décor alpin. *Une photo de vacances sans doute.* La deuxième le montre, un drapeau rouge dans une main, une torche d'alarme dans l'autre, au beau milieu d'une manifestation. Un peu plus loin, un carton rempli de papeterie. Visiblement son collaborateur a déjà commencé à s'installer. Le second bureau est entièrement nu à l'exception d'un ordinateur – fixe et encastré – impossible à déplacer. Et surtout toujours aucun accès à la lumière naturelle. *Profondément sinistre.*

Christophe Zalmer débarque avec une tasse de café chaud à la main.

— Je vous offre maintenant le café que vous n'avez pas pris ce matin. Vous verrez, les laboratoires Goji, ça n'est pas une boîte comme les autres. Le PDG est aussi l'unique actionnaire. Il refuse d'ouvrir son capital alors que la boîte en aurait bien besoin. Notez qu'on ne se plaint pas de ne pas être dépendant d'un fonds de pension américain. Mais notre *bon PDG*, monsieur Théophraste, gère sa petite entreprise à la mode capitaliste du XIXe siècle. *Je suis le seigneur de mes terres. Je fais selon mon bon vouloir.* Le Code du travail, jamais entendu parler, mais si je vous ai à la bonne, vous pouvez compter sur moi. Et son DRH, il l'a bien choisi. Un vrai dur qui fait peur à tout le monde. Le meilleur exemple, c'est le projet phare de Goji : le séquençage d'une nouvelle variété d'aconit découverte dans les Andes afin de le breveter. Ses propriétés médicinales restent à démontrer ; les indiens l'utilisent pour chasser les mauvais esprits. Une lubie du patron, comme beaucoup d'autres. Des fois, je me demande comment notre entreprise tient financièrement. Mais vous avez sans doute d'autres priorités, comme de connaître le contenu du coffre ?

Après avoir englouti son café, Éric s'approche du coffre mural placé juste derrière son bureau. Il ouvre l'enveloppe kraft posée sur ce dernier. Elle ne contient qu'un papier avec une longue suite de caractères : la combinaison. Il s'ouvre sans un bruit, ne révélant en tout et pour tout qu'une chemise aux couleurs du laboratoire, estampillée en rouge « Confidentiel ». Un dossier étonnamment peu épais qui ne contient que quelques pages manuscrites. Une écriture fine et délicate. *Celle de M. Théophraste.*

— Le PDG n'aime pas l'ordinateur, explique Christophe Zalmer.

La lecture ne leur prend que quelques minutes. Une fois terminée, sans un mot, Éric se lève et ouvre le frigo du laboratoire. À l'intérieur, ils trouvent une série de petits tubes à essai, emplis d'un liquide rougeâtre. Du sang, sans aucun doute. Ils les regardent en silence, interloqués.

Pour un projet de recherche étrange, il est étrange. D'après le dossier, les tubes à essai contiennent un sang de synthèse qui aurait été artificiellement produit en laboratoire. Éric a entendu parler de ce type de recherches mais rien n'a jamais abouti.

Pourtant le dossier laisse entendre que ce sang serait plus qu'un sang de synthèse. Il aurait des propriétés particulières, à charge pour Éric et son collaborateur de les découvrir, les étudier, les analyser, les documenter.

Les notes restent muettes sur la provenance de ce sang. Interrogé, Christophe Zalmer lui répond que non, il n'a jamais entendu parler de recherches sur un sang artificiel aux laboratoires Goji. Selon ses dires, le laboratoire serait trop petit et n'aurait pas les ressources nécessaires pour un projet de cette envergure.

On ne me demanderait quand même pas d'analyser les résultats d'un laboratoire concurrent ? Une sorte d'espionnage industriel ? Ça expliquerait les extravagantes clauses de confidentialité de mon contrat. Et pour un projet sensible, me donner comme collaborateur principal un délégué du personnel, c'est un choix surprenant... Comme tout le reste d'ailleurs.

Chapitre XIII
Rendez-vous • 2

L'inconnu s'avance vers Martel, traversant au rouge le passage clouté. Une voiture pile dans un crissement de pneus pour l'éviter, ce qui ne semble pas l'émouvoir. Il continue de marcher, droit vers le commandant de police.

Réfléchis, mon vieux, il faut te planquer en attendant le Chasseur. La cathédrale, oui, là tu seras en sécurité. Sauf que l'objet de la peur de Martel se trouve exactement entre lui et cet hypothétique refuge.

Fuir, retourner me cacher dans le bar ? Il fait demi-tour et monte les escaliers quatre à quatre. Du coin de l'œil, il aperçoit son poursuivant finir de traverser la rue sans se presser, ignorant les insultes du chauffeur de la voiture qui vient de s'arrêter à quelques centimètres à peine de lui.

Le commandant parvient en haut des escaliers. Il prend son élan. *Le bar, il ne pourra pas me poursuivre dans un lieu public.* Il court à perdre haleine et découvre les grilles baissées. Martel n'a pas vu l'heure tourner et son refuge est fermé. À l'intérieur, la lumière est encore allumée ; le barman finir de nettoyer les tables. Il se retourne. L'inconnu apparaît du haut des escaliers, il sera bientôt sur lui. Martel tambourine frénétiquement contre la vitre et hurle au barman de venir lui ouvrir. La paroi tremble. Son poing est endolori sous la violence de ses coups. Le barman finit par lever la tête mais lui fait signe que non, le bar est fermé. « Mais ouvre, bordel, viiiiite ! » hurle Martel. La peur cède la place à la panique.

Derrière lui, son poursuivant marche tranquillement. *Plus le temps. D'ici que ce crétin de barman ouvre, il sera sur moi.* Martel repart au pas de course. Sur sa gauche, le couloir faiblement éclairé d'une galerie commerciale. *Peut-être y-a-t-il encore un commerce ouvert ?* Il s'y précipite, l'autre toujours sur ses talons.

Hélas, toutes les boutiques ont déjà baissé le rideau. « Tchac, tchac, tchac. » L'écho des pas de son poursuivant. Derrière lui ou devant lui ? Répercuté sur les murs, le bruit parvient de tous les côtés. Martel est désormais totalement paniqué. *Revenir en arrière ? Non... le couloir de droite, peut-être ? À moins que devant...* Dans sa poche, il sent son portable vibrer. Le visage buriné du Chasseur y apparaît. Un SMS : « Tiens bon, je suis là dans quelques minutes. »

Le message le rassure un peu. *Il suffit de se cacher et de patienter.* Martel ne sait quelle direction prendre. Derrière lui, un accès à un immeuble. Il s'engouffre dans les escaliers. *Mauvais choix.* Sur le palier, il bute sur une grande porte vitrée close. *Trop tard pour faire marche arrière.* Il se cache le long de la rampe et dégaine son arme. Il attend en silence dans l'ombre.

Les minutes qui suivent paraissent des heures. Il guette fébrilement le moindre mouvement, le moindre bruit, le moindre courant d'air. Dans la faible lumière de l'étage inférieur, il distingue une ombre qui passe avant de s'arrêter. Elle hésite aussi sur la direction à prendre. Luc Martel raffermit sa prise et met en joue la montée des marches, prêt à faire feu. Finalement, l'ombre disparaît. Le silence se fait. Étouffant, oppressant.

Dans sa poche, le portable vibre. C'est le Chasseur. « Je suis dans la galerie, j'arrive. » Martel se redresse. *Je dois le rejoindre. Si je le retrouve, je suis sauvé.* Balayant la zone du canon de son arme, il entreprend sa descente. Au pied des marches, il jette un coup d'œil à droite, personne ; à gauche, tout est désert aussi. Il s'engage, prudemment, attentif au moindre son. Mais il n'entend que le souffle de sa propre respiration.

Brusquement une masse s'abat sur lui depuis le plafond. Il est écrasé sous le poids. D'extrême justesse, il parvient à rouler sur lui-même et à se redresser, son arme toujours au poing. Il la pointe sur son agresseur.

L'autre est debout à deux mètres de lui. Il rejette sa capuche. Un visage jeune, blafard, deux yeux brillants. Et surtout un sourire paré de canines acérées.

— Je me suis bien amusé mais il est l'heure d'en finir, dit le vampire. Maître Luigi a ordonné ta mort. Ta pitoyable enquête de police le gêne dans ses affaires.

Le vampire s'avance vers le commandant Martel. Celui-ci ajuste son arme et vise en plein cœur. Le bruit, répété à l'infini dans les couloirs, est assourdissant. L'impact repousse l'immonde créature. Elle chancelle mais ne tombe pas. Pire, elle se redresse et se dirige à nouveau vers lui. Martel fait feu une seconde fois. La bête recule sous le choc. Une troisième détonation. Une autre encore. Le vampire flanche à chaque fois. Martel continue et réussit même à plaquer son adversaire contre le mur puis rien. Le chargeur est vide. Le vampire se redresse :

— Tu as fini de jouer ? À mon tour.

Il reprend sa marche vers le commandant de police. Dans un ultime geste de défense, celui-ci ouvre sa chemise et brandit le petit crucifix d'argent, le cadeau de baptême de ses parents qui ne le quitte jamais. Le vampire s'arrête, l'observe et... éclate de rire.

— Tu crois m'arrêter avec cette pacotille ? Il faudrait pour cela que tu sois animé d'une foi inébranlable et c'est loin d'être le cas.

La main se referme sur le poing de Luc Martel, écrase le modeste pendentif et lui broie les os. Il tombe à genoux, tandis que les canines du vampire se rapprochent de sa gorge. Il tente de lui lancer un coup au visage de son autre main, aussitôt balayée. Le vampire l'attrape et le ramène contre lui. Martel se débat avec l'énergie du désespoir mais le vampire est en béton armé et ses coups restent sans effet. Une morsure au cou ; son fluide vital s'écoule hors de son corps. Il s'abandonne à l'Étreinte quand une douce torpeur l'envahit.

Alexandre Miran marche à pas prudents dans le couloir, son crucifix d'argent dans la main gauche, son pistolet-mitrailleur dans la droite, quand il entend les détonations. *Plus le temps*. Il s'élance de toutes ses forces. Au détour d'un couloir, il découvre le corps de Martel, allongé sur le sol, enlacé par une forme sombre. Le vampire se retourne vers le Chasseur, leurs regards se croisent un bref instant. D'un bond, la créature s'évanouit dans la nuit. Alexandre se précipite vers le corps inanimé.

Il sait qu'il est déjà trop tard. Luc Martel lui lance un regard vitreux ; une flaque de sang s'étale à la base de son cou. Alexandre Miran ramasse le crucifix broyé. *Pour cette mort aussi, tu paieras, Luigi. J'en fais le serment.*

CHAPITRE XIV
Première rencontre

— Vous êtes le nouveau ?

Éric attendait que son café finisse de couler au distributeur lorsque la voix a surgi dans son dos ; une voix féminine, autoritaire. Il sursaute et se retourne. *Je ne l'ai jamais rencontrée depuis mon arrivée ici.*

— Je m'appelle Narjess. On m'a beaucoup parlé de vous. Je voulais me faire ma propre opinion.

Et vous êtes ? Mais Éric se retient. La femme qui lui fait face a quelque chose de dissuasif. Elle paraît jeune mais il serait bien incapable de lui donner un âge précis : la finesse de ses traits, presque sculpturaux, irréels… et ces yeux d'un bleu trop clair… Elle est vêtue d'un tailleur noir austère, son teint mat n'est rehaussé d'aucun maquillage. *Elle n'en a pas besoin.* Éric cherche des yeux le badge d'identification que tous sont censés porter. Elle n'en a pas.

À cette heure tardive, il ne reste plus grand monde dans le laboratoire. Éric était seul dans la salle de repos. Autour des distributeurs de boissons chaudes et de barres chocolatées, se trouvent quelques tables hautes et, dans un angle, deux grands canapés en cuir.

Narjess tend la main à Éric. Une main à la fois douce et froide, comme du marbre poli. La poigne est ferme. Elle le fixe d'un regard perçant qui le met mal à l'aise…

— Je vous offre un café ? demande-t-il pour briser la glace.

— Non merci. Je ne me nourris jamais du contenu de ce distributeur.

Quelque chose dans cette formulation le fait déglutir. Il a l'impression que les yeux de Narjess se sont posés un instant sur son cou. Elle croise les bras sous sa poitrine, attendant visiblement qu'il reprenne la parole pour poser une question plus pertinente. *Qu'est-ce qu'elle me veut ?*

— On vous a parlé de moi en bien ou en mal ? demande-t-il.

— Ça dépend qui. Vous avez visiblement la cote auprès de Théophraste. Mais ça n'est pas partagé par notre DRH. Et il n'aime pas que le PDG ne suive pas son avis. À votre place, je me méfierais. Moi, je cherche encore à me faire une opinion.

Éric manque de renverser son café, surpris par sa franchise menaçante. Narjess se tait, scrutant avec attention ses réactions. *OK, qui qu'elle soit, elle te teste. Ne te laisse pas faire mon vieux.* Il expire doucement pour évacuer le stress, pose son gobelet sur la table voisine et lui envoie son sourire le plus charmeur :

— J'ai peur que ça ne vous soit difficile. Je n'ai pas le droit de parler à qui que soit de mon travail ici. Et je n'ai pas l'impression que vous vouliez parler de la pluie et du beau temps ?

Le ton ironique de la réponse doit lui plaire car Narjess exhibe son premier sourire. *Ce qu'elle est belle quand elle sourit.* C'est la première pensée Éric. *Belle, mais dangereuse, garde tes distances.*

— Non, effectivement. Je n'aime pas le soleil, répond Narjess, énigmatique. Alors, parlons de vous…

Elle se dirige vers l'un des canapés et y prend place, faisant signe à Éric de la rejoindre. Ils se font face, à peu de distance. Narjess croise ses deux longues jambes, pose un bras derrière sa nuque et continue d'observer Éric sans sourciller. Il s'assoit sur le second canapé, les jambes droites, le dos raide, tentant autant que possible dans cette assise d'adopter la posture du combattant qui tient sa garde.

— Vous tentez de le dissimuler, mais vous avez l'oreille percée. Ça vous vient d'où ? Pas de prison j'espère, demande Narjess.

Bien tenté mais tu ne me déstabiliseras pas si facilement. La joute oratoire est un art qu'Éric affectionne presque autant que le combat physique. Il la fixe à son tour droit dans les yeux :

— Non, juste un souvenir des chaudes nuits d'El Alto, un quartier populaire de La Paz, en Bolivie... Vous êtes déjà allée en Amérique latine ?

— Non. Je voyage peu, hélas. Dommage que vous ne portiez pas la boucle d'oreille. Quoiqu'en pense le DRH, je trouve un certain charme aux marins à l'oreille percée..., répond-elle d'une voix pleine de sous-entendus.

Tout en discutant, Éric ne cesse de s'interroger sur sa mystérieuse interlocutrice. Il a du mal à détacher son regard d'elle. Elle est si belle et si froide qu'il a presque l'impression d'admirer une statue de pierre animée et non de parler à une femme faite de chair et de sang. Et ce regard hypnotique qui ne le quitte pas. *Troublante.* Elle ne laisse rien paraître d'elle malgré les portes qu'il tente d'enfoncer. Une conversation à sens unique. Éric est jaugé, jugé, soupesé, mais il ignore dans quel but et surtout par qui... *Dérangeant.* Cette force intérieure – presque magnétique – le fascine. Et cette joute verbale si grisante...

— J'espère que vous trouverez votre place dans notre entreprise, conclut Narjess. Pas comme ce pauvre Lionel Parme. Il s'est suicidé, le malheureux. Il avait des soucis, paraît-il.

Narjess marque une pause, comme pour appuyer la phrase qui suit :

— Il parlait aussi beaucoup. Et pas de ses voyages, si vous voyez ce que je veux dire.

Éric se fige. La boule d'angoisse qui gonfle lentement mais sûrement depuis le début de leur échange éclate. *C'est quoi ce trip ? Mais c'est qui cette fille, bordel ?* Il ne répond rien – *que répondre ?* Narjess continue :

— Vous m'avez l'air d'être un élément prometteur. Ce serait dommage de devoir nous séparer de vous…, ajoute-t-elle en laissant planer un nouveau silence lourd de sens.

Se séparer de moi… comment ? En me licenciant…ou à la manière de Lionel Parme ? Une goutte de sueur perle sur son front. *Ne pas flancher devant elle. Tu ne dois pas la laisser gagner.* Il se relève et répond d'une voix ferme :

— Merci pour cette *délicieuse* conversation. Maintenant, si vous voulez bien m'excuser, j'ai du travail à terminer. Surtout si je veux mériter ma place au sein des laboratoires Goji.

Sans attendre de réponse, Éric se détourne et d'un pas qu'il voudrait assuré, mais un peu trop rapide, il prend la direction de la porte. Dans son dos, le regard inquisiteur de Narjess ne le lâche pas jusqu'au seuil.

Il a du répondant, il ne se laisse pas facilement déstabiliser. Il pourrait faire l'affaire. Elle ferme les yeux. « Boum, boum, boum. » Même avec la distance, elle perçoit la douce musique des battements du cœur d'Éric. *Il me plaît.*

— La semaine prochaine, ce sera la soirée de fin d'année de l'entreprise, lance-t-elle alors qu'Éric est déjà dans le couloir. J'espère vous y retrouver.

Chapitre XV
Conversation nocturne

Après le départ d'Éric, Narjess se lève à son tour, et prend l'ascenseur. Elle appuie sur le bouton menant au dernier étage. Une succession de pas rapides dans le long couloir désert l'amène au bureau du PDG, M. Théophraste. Elle tape la combinaison sur le digicode. La porte coulisse sans un bruit.

Depuis la grande baie vitrée, elle observe les derniers employés quitter l'immeuble. Ses sens surnaturels en éveil, elle prend plaisir à s'attarder sur les palpitations de leur cou, à écouter les battements lents de leur cœur. Éric Miran sort à son tour. Narjess fixe son attention sur le jeune homme.

— Il est plutôt mignon, dit-elle d'une voix basse.

— De qui parlez-vous ? répond M. Théophraste, assis à son bureau.

— Du frère du Chasseur, bien sûr.

— Il fait partie de mon plan. Je vous défends d'en faire votre repas.

— Dommage, répond Narjess avec une pointe de déception dans la voix. Mais l'avoir ici, dans nos murs, n'est-ce pas prendre un risque, père ?

— Un risque calculé, ma chère, répond M. Théophraste à son enfant dans les ténèbres.

Il se lève à son tour et s'approche de l'ouverture vitrée. Il observe le départ d'Éric après sa première journée de travail. Bientôt, celui-ci tourne à l'angle de la rue, hors de leur vue.

— Il a toutes les qualités requises pour ce que je prépare. Et ses liens avec le Chasseur sont un supplément appréciable.

— Le Chasseur est dangereux, même pour vous, père, répond Narjess. Il sait qui nous sommes, il connaît nos forces et nos faiblesses. Il a les armes pour nous combattre.

— Il est dangereux, oui. Mais nous avons un avantage. Nous sommes les seuls à connaître le lien entre Éric et son demi-frère. Nous pouvons nous y préparer. Ce qui ne sera pas le cas des autres s'ils venaient à découvrir ma petite expérience. L'arrivée du Chasseur sera notre atout surprise si les choses venaient à mal tourner.

— Votre *petite expérience*... comment parlez-vous de cela ? Analyser notre sang avec les moyens de la science moderne, chercher à en comprendre le mystère... Ce sont des tabous. Si nos frères de race le découvrent, ils ne vous laisseront pas faire ! répond brusquement Narjess, énervée mais surtout inquiète.

— Des *tabous indépassables*, les mystères de notre existence ? La voix de Théophraste se fait froide comme la pierre. Depuis Sophocle, j'observe les hommes philosopher, observer, analyser, expérimenter. Je les ai vus croire que Chronos avait créé le monde à partir du Chaos, puis qu'un dieu unique l'avait fait en sept jours. Je les ai vus découvrir que la Terre était ronde et tournait autour du soleil. Je les ai vus tenter de découvrir les origines de la vie, celles de l'univers. J'ai souvent été le témoin de leurs progrès, j'en ai même parfois été un acteur. Et je ne devrais pas tenter de percer le mystère de ma propre existence, de ceux de ma race ? La science des hommes a enfin atteint le stade que j'attends patiemment depuis des siècles, que dis-je, depuis plus de deux mille ans. Non, rien ne me fera renoncer.

Contrariée, Narjess quitte le bureau et part errer dans les rues. Elle rumine la conversation. Elle éprouve bien moins d'assurance que Théophraste. Les mortels auxquels elle a confié l'ordinateur de Lionel Parme sont formels. Celui-ci a bien vendu des informations confidentielles des laboratoires Goji. S'il n'y avait que cela, elle s'en moquerait éperdument. Au fil des siècles, son père et elle ont bâti un vaste empire souterrain pour s'assurer un confort matériel. Les laboratoires Goji n'en sont qu'une infime partie – le dernier hobby de Théophraste. Sauf que parmi les informations révélées, il y a ce projet confié à Éric Miran. Et si, comme elle le craint, un autre de sa race en fait l'acquisition, Narjess et son père seraient en grand danger...

Du pas rapide des siens, Narjess s'éloigne loin du laboratoire. Elle a cheminé le long des berges de la Seine jusqu'aux portes de Paris. Devant elle, la ceinture routière du périphérique qui marque la frontière entre la capitale et sa banlieue. Elle éprouve une pointe de nostalgie. Elle se remémore Paris, quelques siècles plus tôt, à une époque où la ville n'était pas encore ceinturée de bitume mais de murailles de pierre. Il n'y avait pas de banlieue mais des champs et quelques villages épars. L'eau de la Seine était claire. Elle regrette le temps passé, se demande brièvement si elle sera encore là pour voir à quoi ressemblera la ville dans deux ou trois siècles. *Pas de pensées funestes ce soir. J'ai soif. Du sang chaud et vivant dans mes veines asséchées, voilà ce dont j'ai besoin pour retrouver la sérénité.*

Le matin approche mais en cette fin d'automne, Narjess a encore une poignée d'heures devant elle avant que les premiers rayons du soleil ne la chassent. Sur le trottoir, elle distingue une douzaine d'hommes qui attendent dans le froid. Ils piétinent sur place pour se réchauffer devant les grilles d'une entreprise de BTP. Il sont pauvrement vêtus : joggings ou jeans élimés et tâchés, doudounes bon marché et déchirées.

Narjess a appris à connaître les travers de chaque époque et à en tirer parti. Elle a devant elle des travailleurs sans papier espérant de bon matin un hypothétique employeur pour la journée. Ils comptent sur le passage d'une camionnette qui se garera le long du trottoir et les emmènera pour un travail au noir, mal payé, mais qui leur assurera leur subsistance pour les prochains jours. Des exclus dont la disparition ne troublera guère les autorités. Des proies faciles... *Exactement ce dont j'ai besoin ce soir...*

Elle s'approche du petit groupe d'un air décidé. Elle les toise du regard et déclare d'une voix forte :

— J'ai besoin d'un maçon pour monter quelques parpaings. Il y en a pour deux ou trois jours. L'un de vous sait faire ça ?

Les hommes échangent des regards. Ils n'ont guère l'habitude d'être abordés ainsi, mais quel mal pourrait leur faire la frêle jeune femme ? Trois lèvent le bras : « Moi, patronne ! » Narjess les regarde un à un, les jaugeant patiemment, décidant lequel va mourir cette nuit. Elle n'a aucun remord, ne se pose aucune question d'ordre moral. Des sans-papiers, la police n'enquêtera pas. La victime idéale, c'est tout. Elle évalue les trois hommes et choisit le plus... appétissant.

L'homme ramasse ses affaires en sifflotant. Il part à la suite de Narjess, heureux d'avoir trouvé de quoi vivre une journée de plus.

Il finira par trouver une mort rapide, plaqué contre un mur et vidé de son sang.

CHAPITRE XVI
Dans la rue

— Bonne soirée Éric !

— À demain Christophe !

Ils échangent une poignée de main et se séparent après une nouvelle journée de travail. Il ne le connaît que depuis quelques jours mais Éric apprécie déjà son collaborateur. Il s'avère être un laborantin efficace et consciencieux – une aide précieuse. Heureusement ! Si Éric reste son supérieur, il lui manque encore les bons réflexes que confèrent les années d'expérience. Pendant la pause-café, Christophe a aussi tendance à orienter la conversation vers la politique... Éric connaît tout du maigre historique social de Goji comme de son long passé de syndicaliste dans une grosse firme pharmaceutique – avant son licenciement dû à un plan social. Il s'étend aussi sur son amour pour la littérature ésotérique. Sans vraiment y croire, c'est un passionné de légendes anciennes, fantômes, magie noire et vampires. Éric écoute d'une oreille distraite ; son esprit cartésien a du mal à gober tout ce folklore. En revanche, Christophe parle peu de sa vie personnelle. Divorcé, il ne voit ses enfants qu'un week-end sur deux. En retour, Éric évoque son goût pour les voyages et les cultures andines. Mais il n'ose pas lui demander qui est Narjess – qu'il n'a d'ailleurs pas revue depuis. Pourtant il ne cesse de penser à elle et à ses menaces... mais pas seulement.

Après avoir quitté le laborantin, Éric poursuit sa route vers le RER qui le ramènera vers son petit HLM. *Avec mon nouveau salaire, je vais peut-être enfin pouvoir déménager.* Soudain, il se fige. Il a l'impression désagréable d'être observé. Une impression récurrente depuis quelques temps... depuis son étrange entretien avec Narjess en fait. *Arrête, tu deviens paranoïaque.* Il enfonce un peu plus la tête dans ses épaules. Mais il y a toujours ce picotement à la base de la nuque et au bout des oreilles. *Quelque chose ne va pas.*

La nuit est tombée depuis une bonne heure et si la voie est passante, elle n'est guère accueillante. *Même glauque.* Le seul immeuble potable du quartier est celui qu'il vient de quitter. Les autres façades sont vieillottes, décrépies.

Éric n'y tient plus. Il doit savoir si son imagination lui joue des tours ou si... Il s'arrête, fait mine de renouer ses lacets pour pouvoir jeter un coup d'œil derrière lui. *Non, rien d'anormal.* Un flot de travailleurs anonymes qui remontent la rue comme lui. *Je me fais des idées... Ça doit être le boulot qui me tape sur les nerfs.* Depuis le premier jour, Éric sent une chape de plomb peser sur lui. Il a dû signer une clause de confidentialité extrêmement sévère : interdiction d'en parler à qui que ce soit, interdiction de sortir le moindre dossier et, chaque fin de semaine, un rapport papier à remettre au PDG en mains propres – jamais un email. Certaines ailes du bâtiment lui sont même interdites et il ne peut inviter aucun collègue dans son bureau.

Les recherches, quant à elles, avancent doucement. Tout ce qu'Éric peut en dire, c'est que le sang artificiel qu'on lui a confié a des propriétés hors normes. Il est composé d'une proportion anormalement élevée de globules rouges mais ne contient ni globules blancs ni plaquettes. Mais sa vraie spécificité réside dans le plasma. Il en est au milieu de ses analyses mais il ne semble pas composé des matériaux organiques courants (lipides, glucides) mais plutôt de minéraux. Éric a du mal à concevoir que ce plasma soit réellement capable de transporter les cellules et les hormones dans un corps vivant.

Alors qu'il est perdu dans ses pensées, une voiture s'approche d'Éric en ralentissant : une Mercedes noire aux vitres teintées. L'inquiétude qu'il venait de chasser revient au galop. Il jette un regard rapide autour de lui mais ne voit aucune échappatoire. Il longe un mur de béton nu, sans porte ni fenêtre. Décorée de quelques tags, la clôture est bien trop haute pour être enjambée et espérer atteindre le terrain vague situé derrière. La première personne qui pourrait lui porter secours marche les yeux baissés, la musique dans les oreilles, à quelques dizaines de mètres derrière lui. Éric se sent bien seul.

La voiture arrive au pas. À sa hauteur, la fenêtre passager s'entrouvre et Éric panique. Il fait un pas de côté et se plaque contre le mur. Il met autant de distance que possible entre lui et cette mystérieuse berline, sauf que le trottoir n'est pas bien large. Il lâche sa sacoche et serre les poings, prêt à l'assaut. Des années d'entraînement au karaté l'ont préparé – du moins il l'espère.

Pendant un instant, il se revoit à l'orphelinat lors de ces nuits où, pour gagner les toilettes, il fallait quitter la sécurité de son dortoir et risquer de croiser les grands... Il se souvient encore des ecchymoses qui marquaient sa chair après les passages à tabac. Il se souvient aussi du jour où il a appris à serrer le poing et à rendre coup pour coup.

Il inspire profondément, tout son corps se dresse pour le combat. La vitre s'abaisse : un jeune homme, veste à capuche et casquette au logo d'une équipe de base-ball – tenue à la mode chez les petits caïds –, apparaît dans l'embrasure. Éric constate qu'il a le teint extrêmement pâle et se dit qu'il doit forcer sur l'héroïne... Le voyou avance sa tête à travers la vitre et dévoile un sourire carnassier.

— La gare RER des Ardoines, c'est bien tout droit, monsieur ?

La tension tombe d'un coup. *Juste quelqu'un qui me demande son chemin ? Je deviens complètement fou...* Éric balbutie avec peine :

— Oui, tout droit, vous y êtes dans deux cents mètres à peine.

La Mercedes reprend sa vitesse normale et s'éloigne. Éric sent ses jambes vaciller sous lui, il s'appuie contre le mur. En même temps que le stress disparaît, son taux d'adrénaline dégringole... Il est vidé. *Calme-toi mon pote, tu te fais des idées, tout va bien, tout est normal. Tu as juste un job incroyable, arrête de flipper.*

CHAPITRE XVII
Autre rencontre • 1

— Pour Éric ! Hip, hip, hip, hourra !

Il lève sa bière au milieu des clameurs de ses amis. Il porte fièrement à son cou une médaille d'argent remportée l'après-midi même au tournoi de Rungis. La saison commence bien. Ce soir, une dizaine de membres du club de karaté est venue fêter comme il se doit la performance de leur meilleur espoir.

Le héros du jour boit une longue gorgée de blanche et savoure le moment. Sa première semaine aux laboratoires Goji a été éprouvante. Alors ce week-end il évacue la pression. *On verra lundi, en attendant, c'est la fête !*

— Tournée générale !

Ses amis ne se font pas prier... Éric est ravi. Il ne pouvait rêver meilleure compagnie pour flamber sa première paye.

— Alors, c'est comment, ton nouveau job, tu nous racontes ? demande Abdel.

— Bien payé ! répond-il en rigolant. Le DRH est une vraie tête de lard et mon assistant est le délégué du personnel. Tu imagines l'ambiance...

— Un syndicaliste comme collaborateur ! C'est un signe du destin, ajoute Erwan, un ami depuis leurs années militantes dans les syndicats étudiants.

Éric se tait. Un instant, son visage affiche une moue déprimée. *Ils sont marrants les copains. Je n'ai déjà pas le droit de leur parler de mes recherches... Alors mes frayeurs nocturnes, n'en parlons pas. Allez, on ne se laisse pas aller ce soir !* Il affiche un sourire de façade et se ressert généreusement en bière.

Par réflexe et excès de prudence sûrement, Éric parcourt le bar du regard. Sa bande et lui sont là depuis un bout de temps ; les cadavres de bouteilles et les verres vides s'entassent. Tous ses compagnons de soirée ont entre vingt et trente ans. Ils sont unis par une passion commune, le sport, et un goût prononcé pour les troisièmes mi-temps. Le bar n'est pas bien grand. Intimiste, il invite à la discussion et aux soirées entre amis. Les murs gris clair arborent des toiles représentant des instruments de musique qui donnent une touche moderne. Les tables en bois apportent la note chaleureuse. Ce soir, le lieu est presque désert. Un petit groupe de jeunes regarde un obscur match de deuxième division sur l'écran plat tandis que quelques habitués commentent l'actualité sous l'oreille attentive du barman. Une jeune femme aux traits latins sirote un café, l'air rêveuse. Un instant, Éric croise son regard mais elle se détourne du sien bien vite. *Fausse alerte.* Personne ne semble l'espionner ou le suivre.

La soirée poursuit son cours. Ils refont le championnat, commentent leurs performances et plaisantent. Éric est un peu en retrait, il absorbe la bonne humeur ambiante pour se ressourcer. Mais il n'arrive pas à se débarrasser de cette étrange sensation d'être épié.

— Mais si je te jure ! Éric, tu en penses quoi ? lance Abdel à brûle-pourpoint.

Perdu dans ses pensées, Éric n'a pas la moindre idée du sujet de la conversation.

— Euh oui, peut-être ? répond-il au hasard.

— Tu vois, si même Éric l'a remarqué, c'est forcément vrai ! renchérit Erwan.

— Bon alors, qu'est-ce que tu attends, tu te lèves, et tu y vas, conclut Abdel à l'adresse d'Éric.

— Mais aller où, les gars ?

— Tu es avec nous ou pas ? interroge Abdel.

Éric pousse un profond soupir :

— Désolé les mecs. Je crois que la bière commence à faire son effet, j'ai eu une absence.

— Faudrait pas que ça dure… Ça serait dommage de passer à côté, dit Erwan avec un sourire malicieux.

— Mais c'est quoi à la fin cette histoire ?

— Abdel est persuadé que la jeune fille solitaire là-bas te fait les yeux doux depuis le début de la soirée. Et toi, comme d'habitude, tu ne remarques rien ! lui répond Erwan.

Éric se retourne vers la jeune fille aux cheveux noirs. Leurs regards se croisent à nouveau. Cette fois-ci, elle le soutient quelques secondes, et esquisse une ébauche de sourire, avant d'avaler une gorgée de café. À la table d'Éric, le silence se fait : ses amis n'ont rien perdu de l'échange. Abdel est le premier à prendre la parole :

— Tout le monde est témoin. Éric, tu as un ticket. Alors, on te lâche pas ! Soit tu te lèves et tu vas l'aborder, soit on te pourrit toute la soirée.

Tous les autres opinent du chef. Éric est cerné. Il rencontre du succès auprès des femmes. Elles le trouvent mignon, et entre le karaté et les voyages lointains, il a de quoi séduire. Mais c'est un romantique dans l'âme. Il n'est pas très à l'aise dans l'exercice de la drague… surtout si c'est une parfaite inconnue dans un bar. D'un autre côté, il a une réputation à tenir, et là, clairement, cette fille lui fait de l'œil. *Lui proposer un verre, ça ne coûte pas grand-chose, et j'ai bien besoin de me changer les idées…*

— Allez, vas-y, fonce ! Sur un malentendu, ça peut peut-être marcher, murmure Abdel.

Éclat de rire général autour de lui.

Éric se décide et s'approche de la jeune femme. La vingtaine passée, elle a une belle allure sportive. Elle est habillée simplement d'un jean moulant et d'un épais blouson de cuir noir. Elle lève les yeux et le laisse venir sans rien dire.

— Je peux vous offrir une bière ? demande Éric.

Bravo, premier prix d'originalité, mon pote !

Pourtant, la jolie brune lui sourit et répond d'une voix douce :

— Pas de bière ce soir, merci. Mais je n'aurais rien contre un cappuccino…

Éric fait signe au serveur de venir et adresse à la belle inconnue son regard le plus charmeur :

— Je m'appelle Éric. Et vous ?

— Élisa. Élisa Alvarez.

CHAPITRE XVIII
Autre rencontre • 2

Éric sent dans son dos les regards mi-amusés, mi-envieux de ses amis. *Si ça se trouve, l'un d'eux a même sorti son smartphone pour filmer...* Mais Élisa Alvarez continue de lui sourire, attendant visiblement qu'il s'asseye à sa table. Ce qu'il fait, après avoir commandé le cappuccino et une autre pression. *Maintenant que je suis installé, par où commencer ?*

Heureusement, la jeune femme prend les rênes :

— Vous fêtiez quoi, avec vos copains ? demande-t-elle.

— On est un groupe d'amis. On fait du karaté ensemble et on vient de réussir une belle performance.

La jeune lieutenante de police pose les yeux sur l'imposante médaille en argent qui pend au cou d'Éric. *Et merde, je drague... c'est pas le moment de me la jouer modeste.*

— En fait, reprend-il, on fête surtout ma victoire. J'ai terminé sur la deuxième marche du podium.

— Félicitations ! Et vous pratiquez depuis longtemps ?

Le barman arrive avec les deux consommations.

— On trinque à cette rencontre ? propose-t-il.

La discussion s'engage. *À sens unique malheureusement.* Élisa est charmante. Sa voix est douce et agréable et ses yeux sont pétillants mais elle ne se livre pas beaucoup. Elle aime aussi les sports de combat et pratique le taekwondo. Ils parlent littérature : elle aime les policiers et lit même un peu de romance. Mais jamais Éric ne parvient à lui en faire dire plus. *En ce moment, entre Narjess et celle-là, on ne peut pas dire que j'invite à la confidence.*

— J'ai envie de fumer. On n'irait pas continuer la conversation dehors ? propose Élisa.

— Oui, bien sûr, répond-il.

Ils sortent. Éric aperçoit du coin de l'œil ses copains sourire et lever le pouce en signe de victoire. Élisa fouille ses poches tandis qu'Éric respire l'air frais.

— Ah zut, j'ai oublié mes clopes. T'en as ?

Hélas Éric ne fume pas. Enfin, pas de tabac…

— Non, désolé.

— Dommage. Par une si agréable soirée, j'aurais presque fumé quelque chose de plus… (Elle marque une pause.) De plus fort.

Je rêve ou elle me demande un joint ? Élisa lui lance un clin d'œil et décoche un sourire aguicheur. *Bordel, devant un visage aussi mignon, je fonds. Impossible de dire non.* Il fouille dans ses poches et sort un peu d'herbe et son matériel à rouler.

— J'ai peut-être quelque chose.

Et là, le ciel lui tombe sur la tête. En une fraction de seconde, le visage de la douce Élisa est devenu froid comme la pierre. Elle tend sous son nez ce qui semble être une pièce d'identité mais elle bouge trop. Pour faire le point, Éric fait un pas en arrière avant de découvrir la carte de police tricolore. Il lit : « Élisa Alvarez, lieutenant de police. » *Bordel, la salope !*

— La détention et l'usage de produits stupéfiants sont des délits passibles de dix ans d'emprisonnement et de 7 500 000 euros d'amende, article 222-37 du Code pénal, énonce-t-elle machinalement. L'offre à un fonctionnaire de police dans l'exercice de ses fonctions est une circonstance aggravante.

Mais c'est quoi ce cirque ? C'est elle qui me l'a demandé ! Exercice de ses fonctions, elle manque pas d'air ! Éric cherche du regard un peu de soutien auprès de ses amis. Mais non, entre-temps, ils sont tous partis. Ils l'ont laissé tomber. Ils ne voulaient peut-être pas le perturber dans ce qui semblait être une soirée prometteuse... *Un vrai traquenard oui...* Éric hausse le ton :

— Tu te fous de ma gueule ? C'est toi qui me l'as demandé, ce joint ! C'est toi qui me fais de l'œil depuis tout à l'heure. Moi j'étais tranquillement assis avec mes potes. C'est un pari bidon entre collègues, c'est ça ? Vous n'avez rien de mieux à faire dans la police ?

Élisa reste impassible. Elle attend tranquillement la fin de la tirade avant de répondre calmement et d'un ton presque amical :

— Si, j'ai mieux à faire. Rentrons à l'intérieur, on sera plus à l'aise pour en parler.

Aussitôt, elle fait demi-tour et retourne dans le bar. Éric hésite à la suivre. *Je devrais partir, la planter là.* Sauf qu'il n'a pas envie de finir la soirée comme ça. Il a sûrement tort mais il la suit quand même.

— Un deuxième cappuccino pour moi, et quelque chose de fort pour mon ami, dit Élisa à l'adresse du barman. Whisky ?

— Rhum-Coca, au point où on en est, répond Éric en ruminant.

Pendant que le barman les sert, Élisa s'assoit face à Éric. Elle plante son regard dans le sien et pose ses mains bien à plat sur la table.

— J'ai effectivement bien mieux à faire que de m'occuper de fumeurs de shit occasionnels. Comprendre les vraies raisons de la mort d'un certain Lionel Parme, par exemple. Tu connais ?

Éric se tait. Après les tentatives d'intimidation de Narjess deux jours plus tôt, c'est au tour de la fliquette de lui tirer les vers du nez en le menaçant de l'envoyer en taule. *En ce moment, j'ai vraiment pas de bol avec les nanas... Hors de question de lui parler.* Éric se demande si c'est par peur des représailles ou par envie de ne pas déplaire à Narjess qu'il décide de se taire.

— J'en ai vaguement entendu parler. Le prédécesseur de mon chef. Il s'est suicidé il y a quelques jours. Pourquoi ?

— C'est moi qui pose les questions, pas toi. Alors, si tu veux que j'oublie les produits illicites dans ta poche, tu comprends ce qu'il te reste à faire ? Tu ouvres grand tes oreilles, et si jamais tu remarques quoi que ce soit d'étrange, tu me le dis.

Quelque chose d'étrange ? En omettant la belle inconnue qui voudrait me « suicider » dans le cas où je divulguerais mes recherches sur un produit à l'origine inconnue... Vraiment je ne vois pas.

— Je n'ai pas franchement le choix, non ? répond Éric, amer.

— Pas vraiment.

Élisa Alvarez se lève, pose une carte de visite près de son verre et se penche vers lui. Ses cheveux le frôlent. Il respire son parfum, vanillé. Elle lui murmure à l'oreille d'une voix douce et un brin ironique :

— Tu n'as pas tout perdu, je te laisse mon numéro.

Son souffle chaud glisse sur sa nuque. Puis, elle lui tape sur l'épaule et lâche un billet de dix euros sur la table :

— Les consommations sont pour moi, dit-elle avant de sortir.

Éric contemple la carte de visite ; il se demande comment sa vie a pu basculer à ce point depuis qu'il a signé ce maudit contrat. Il vide d'un trait son rhum-Coca et se lève.

*
* *

Dans l'air froid de la nuit, Élisa Alvarez marche d'un pas vif. Un large sourire illumine son visage. *Pour ton premier recrutement d'indic, tu t'es débrouillée comme une chef... même si ça n'était pas très académique...* Elle ralentit. *T'emballe pas cocotte, ce n'est qu'un indic... Rien de plus.*

CHAPITRE XIX
L'ombre du passé

— Nooooooon !!!

Éric se réveille en sursaut. Il a le front glacé et son cœur bat la chamade. *Encore ces maudits cauchemars.* Il se redresse et allume la lumière qui chasse les ténèbres et lui apporte un peu de réconfort. Non, les lieux sont vides : aucun monstre tapi sous le canapé-lit ou dans le placard. Son studio est modeste, il en a vite fait le tour : un canapé-lit, une commode, une table, une armoire et la cuisine... Sur le frigo, des photos de ses voyages : au sommet d'une montagne, dans une source chaude, au pied de cascades... Du haut de son neuvième étage, il perçoit les lumières rassurantes de la ville...

Son rêve lui revient en mémoire : il est enfant, et il se tient debout devant la porte d'entrée de sa maison. L'immense porte l'attire. Il sait qu'il ne doit pas l'ouvrir. Mais une force surnaturelle le pousse à le faire. Il ne faut pas... Il ouvre pourtant la porte.

Sur le palier, une ombre gigantesque... Un océan de noirceur dont émergent deux grands yeux d'un bleu lumineux. La voix sépulcrale lui demande :

— Je peux entrer, petit ?

Il est terrorisé, il devrait fuir, hurler « Papa ! Maman ! » Il est paralysé, comme fasciné. Dans un murmure, il finit par prononcer les mots fatidiques : « Je vous invite à entrer. » L'ombre franchit le seuil de sa maison. Éric est libéré. La peur le saisit. Il se roule en boule par terre et hurle. La vision passe devant lui en l'ignorant ; elle se dirige vers le salon.

La suite est plus confuse. Il entend des hurlements de douleur et des grognements de bête sauvage. Puis le silence et une impression de violence, de souffrance, des murs rouge sang, des traces de griffures. La mort. Violente.

Il s'est réveillé avec l'image de ses parents, allongés sur le sol, les yeux vides et brillants. *Chaque nuit, ça recommence. L'assassinat de mes parents. Ça ne peut plus durer...* Il s'assoit dans son lit et allume son téléphone. Son regard s'arrête un instant sur un numéro italien. Appeler son demi-frère ? Pour quoi faire ? Alexandre avait vingt ans ce soir-là ; il était sorti avec des copains. C'est lui qui, en rentrant au petit jour, a découvert les corps ainsi qu'un Éric tétanisé caché sous le lit. Les frères n'étaient pas très proches. Un trop grand écart d'âge. La mort de leurs parents n'a rien arrangé. Alexandre n'a jamais voulu parler à son frère de ce qu'il a vu. Il s'est muré dans le silence – même face aux enquêteurs. Puis il est entré dans les ordres, abandonnant son demi-frère orphelin aux foyers et familles d'accueil. Tant de questions qui n'ont jamais reçu de réponses.

Éric trouve la carte de visite laissée sur sa table de chevet. *Pourquoi pas, après tout ?*

Il compose le numéro :

— Élisa Alvarez, j'écoute, répond une voix féminine, qui lui paraît rassurante après son cauchemar.

— C'est Éric Miran à l'appareil. Je dois vous parler.

— À cette heure ! C'est vraiment important ?

— Vous me demandez de jouer les indics. Je dois savoir où je mets les pieds. Vous n'enquêtez pas pour rien. Si Lionel Parme ne s'est pas suicidé, ou plutôt si on l'a aidé à se suicider, je prends des risques en vous aidant. J'ai le droit de savoir…

Élisa réfléchit : « *Si tout cela a à voir avec l'assassinat de mon père, de ses parents, je ne peux pas en faire qu'un simple pion.* »

— OK. Je suis de garde au commissariat cette nuit. Rejoignez-moi, ce sera plus simple.

Moins d'une demi-heure plus tard, Éric pénètre dans les locaux de la police. Un immeuble en béton, au carrefour de deux grandes rues. Dans une vaine tentative d'humanisation des lieux, l'architecte a fait recouvrir la façade de carrelage blanc et de peinture bleue et rouge. *Cet hommage au drapeau n'est pas une réussite.* La salle d'attente est tout aussi glauque : un vaste pupitre, un banc en métal. La peinture est défraîchie. Rien pour réchauffer l'atmosphère. Le planton le regarde d'un œil intrigué. À cette heure, il n'a pas l'habitude de recevoir de la visite.

— Je viens voir le lieutenant Alvarez.

Quelques minutes plus tard, Éric est dans le bureau d'Élisa. Elle se lève, lui sourit, et hésite : « *Lui faire la bise ? Non, nous n'en sommes pas là.* » Elle lui tend la main.

— Assieds-toi. Qu'est-ce qui t'amène au milieu de la nuit ? (Elle sourit de plus belle.) Je vais être modeste, je doute que ce soit pour mes beaux yeux…

— Non…

Encore que… En d'autres circonstances…

— Je vous l'ai dit au téléphone. Entre un procès pour détention de cannabis et être *suicidé*, mon choix est vite fait. Si je dois vous aider, je veux savoir où je mets les pieds.

Élisa l'observe longuement. *Il a mal dormi, c'est clair. Pourtant, il énonce clairement ses conditions. Il ne dit pas non, il veut savoir ce qu'il risque et pourquoi. Courageux ce type.*

— Ça paraît réglo, répond-elle.

Elle lui fait signe de s'asseoir et lui offre une tasse de café chaud pour le réconforter, avant de sortir d'un tiroir les dossiers Kévin Bréhaut et Louise Malenne. Le résumé est succinct tant son enquête a peu avancé. Elle expose les constatations sur la scène de crime, les enquêtes de voisinage et choisit de reporter à plus tard les détails plus compliqués comme les blessures au cou de la jeune fille, l'aspect momifié du cadavre masculin ou encore l'implication du capitaine Martel. Éric écoute et pose quelques questions pour se faire préciser un point ou deux. Élisa en arrive enfin à Maître Luigi et au numéro de Lionel Parme retrouvé dans la liste des appels. À ce moment de l'explication, elle sort une affiche : l'annonce du spectacle de flamenco. En arrière-plan, on y voit un groupe de musiciens et devant, un homme entièrement vêtu de noir, portant une longue queue de cheval et une barbichette. La star de la soirée aux yeux bleus qui semblent vous fixer à travers l'objectif... Maitre Luigi.

En découvrant ce regard, Éric renverse son café. La porcelaine explose au contact du sol et se brise en mille morceaux. Le liquide chaud se répand entre les lames du parquet. Éric reste pétrifié, les yeux rivés sur l'affiche. Il ne peut les détacher du visage du danseur.

— C'est l'ombre de mes cauchemars murmure Éric d'une voix terrifiée. C'est lui, c'est l'assassin de mes parents !

— Impossible, rétorque Élisa. Tes parents ont été assassinés il y a plus de vingt ans. Cet homme n'en a guère plus de trente. Il était encore enfant, adolescent tout au plus à cette époque.

— Pourtant, c'est bien lui. J'en suis sûr…

Chapitre XX
Soirée d'entreprise • 1

— Votre invitation, s'il vous plaît, demande le vigile à l'entrée.

Éric tend le carton d'invitation à la soirée annuelle des laboratoires Goji, une invitation valable pour deux. À ses côtés, la lieutenante de police Élisa Alvarez lui enserre délicatement le bras. Elle a troqué son duo jean-blouson contre une robe de soirée rouge en satin et de longues bottes de cuir – ce qui lui va très bien de l'avis d'Éric. Élisa en revanche ne sent pas à l'aise dans cette tenue qui ne lui permet pas de garder son arme de service sur elle. Le vigile leur fait signe d'entrer.

En pénétrant dans le vaste hall où a lieu la soirée, Éric se demande pour la vingtième fois si c'est une bonne idée – non pas qu'il ait eu réellement le choix. La lieutenante Alvarez a fortement insisté pour venir en se faisant passer pour sa « copine ». Une chance unique selon elle d'interroger discrètement les collègues de feu Lionel Parme et de faire progresser son enquête. « *Si vraiment sa mort a un lien avec ce Maître Luigi, l'homme qui a tué mes parents, je dois savoir* », pense Éric.

— Ah, te voici enfin Éric, lance une voix derrière lui. Petit cachotier, je te pensais célibataire. Trois semaines que nous travaillons ensemble et tu n'as jamais trouvé le moment de me dire le prénom de ta petite amie...

Éric découvre en se retournant Christophe Zalmer. Contrairement à lui – qui s'est soumis aux usages en s'habillant élégamment –, Christophe est resté fidèle à son jean basket. Il tend la main à Élisa en souriant.

— Je te présente Élisa, répond Éric.

Il éprouve soudain le besoin irrépressible d'observer l'ensemble des convives. Pourtant tout paraît normal... la foule des employés des laboratoires Goji attend par petits groupes le discours du PDG en bavardant. Un imposant buffet est servi le long des nombreuses tables qui cernent la pièce devant une armée de serveurs qui attend son heure. Sur le mur du fond est dressée une estrade, où sont déjà installés les instruments de l'orchestre qui clôturera la soirée. De grandes tentures noires ont été déployées pour mettre en valeur les lumières multicolores de la soirée dansante. L'entreprise a vu les choses en grand. *Mouais... Il me faudra plus que quelques petits fours et un verre de champagne pour me rendre « l'esprit corporate ».*

Son regard tombe sur un regard perçant. Un visage ovale, un teint mat, de longs cheveux noirs : Narjess. À travers la foule, la "jeune femme" le fixe sans sourciller. Elle ébauche un sourire, puis se détourne.

À ses côtés, Élisa converse avec Christophe. *Elle perd pas de temps la fliquette, elle est déjà en train d'interroger les témoins.* Le caractère énergique et volontaire d'Élisa n'est pas pour lui déplaire.

D'un coup, le silence se fait. Toute la salle se tourne vers la tribune où le PDG, M. Théophraste, s'approche du micro. Il est suivi de près par Jean-Marc Germand, le DRH et... la mystérieuse Narjess. Elle porte une longue robe noire qui découvre ses bras et ses épaules. *Ce n'est visiblement pas la saison qui a guidé son choix.*

— Bienvenue à toutes et à tous ! Avant toute chose, je souhaiterais rendre hommage à notre regretté directeur de recherches, Lionel Parme. Je vous invite tous à respecter une minute de silence en son honneur.

Les soixante secondes de recueillement écoulées, Théophraste reprend son discours. Il souhaite la bienvenue aux nouveaux venus dans l'entreprise, dont Éric, puis il enchaîne sur les bons résultats annuels. Christophe et quelques autres s'éclaircissent ostensiblement la gorge. Ils n'ont pas l'air de partager son analyse.

— Je vous invite à poursuivre la soirée près du buffet, avant de laisser la place à la danse, conclut Théophraste.

Éric fait signe à Christophe et chuchote :

— C'est qui la fille à côté du patron ?

— Narjess, répond-il. C'est sa fille unique. Mais, à ta place, je ne m'en approcherais pas. Elle est vénéneuse, cette femme. Et puis tu n'es pas venu seul, dit-il en faisant un signe de tête en direction d'Élisa.

Oui enfin, on n'est pas ensemble non plus… Mais déjà la foule se presse vers les réjouissances.

— Tu me fais rencontrer tes autres collègues ? demande Élisa.

Comme convenu, Éric doit la présenter à tous ceux qui connaissaient Lionel Parme puis la laisser autant que possible seule afin qu'elle puisse les interroger.

Quelques minutes plus tard, il la présente donc à Yves Lagneul, le successeur de Lionel Parme, puis les quitte sous un faux prétexte. Confiné depuis trois semaines seulement dans un laboratoire sécurisé, il n'a guère l'occasion de rencontrer les autres employés. En se dirigeant vers le buffet, il espère nouer de nouveaux contacts. Mais ce n'est pas chose facile, ils se sont tous agglutinés par grappes. Éric se force et parvient à échanger quelques nouvelles avec d'autres employés.

Tout en naviguant d'un groupe à l'autre, presque inconsciemment, Éric cherche Narjess du regard. *La fille du patron… Elle n'est pas pour toi… Certes, mais n'a-t-elle pas dit qu'elle voulait me revoir ce soir ? Ce serait malpoli de ne pas la saluer...* Sauf que la belle reste invisible.

Du coin de l'œil, il surprend Élisa en grande conversation avec un ingénieur de recherches que vient de lui présenter Yves Lagneul. *Comment s'appelle-t-il déjà ?* Finalement, Élisa n'a pas besoin de lui pour trouver ses témoins. Il en ressent une pointe d'amertume.

— Vous êtes tout seul ? Vous ne devriez pas laisser votre amie avec Luc. Il a la réputation d'être un grand séducteur.

Encore une fois, Éric ne l'a pas entendue approcher. Narjess est juste derrière lui, sa bouche effleure presque sa nuque. Il se retourne :

— Ravie que vous soyez venu, dit-elle le sourire aux lèvres.

Éric fait un pas en arrière, désireux de mettre un peu de distance entre eux. Leur dernière conversation l'a laissé mal à l'aise.

— Je vous offre un verre ? propose-t-il.

— Non merci, répond Narjess. Je me réserve pour plus tard.

Narjess le regarde intensément, tandis que ses lèvres se plissent, laissant penser à un sous-entendu dans sa réponse qu'Éric ne parvient pas à saisir.

Chapitre XXI
Soirée d'entreprise • 2

Alors qu'Éric s'apprête à engager la conversation avec Narjess, quelques notes de musique fendent l'air depuis l'estrade.

— Et maintenant, place à la danse ! hurle dans le micro le nouvel arrivant.

La scène est occupée par une demi-douzaine de jeunes hommes et femmes, arborant des tenues flashy, des guitares électriques, une batterie... Aussitôt, les convives s'écartent pour libérer la piste de danse. Les premiers accords forment un rock entraînant. Les plus audacieux ne perdent pas un instant : des couples se forment et s'élancent.

— Je vais abuser de ma position hiérarchique et exiger de vous la première danse, ironise Narjess. Votre petite amie attendra son tour.

Et sans lui laisser le temps de répondre, elle entraîne Éric au milieu des danseurs.

— Montrez-moi ce que vous savez faire, poursuit-elle. C'est risqué d'inscrire comme hobby dans son CV *danse*, d'autant plus que vous précisiez rock... Il va falloir me prouver que vous n'avez pas menti...

Et joignant le geste à la parole, Narjess prend la main gauche d'Éric dans la sienne et pose la droite sur son épaule. *Ne t'inquiète pas ma belle, j'ai rehaussé certains aspects de mon CV mais pas celui-là.* Éric passe sa main dans le dos de sa partenaire. Narjess se rapproche de lui : ses jambes, sa poitrine le frôlent. Ce contact l'électrise.

Il esquisse les premiers pas de danse tout en s'étonnant de l'extrême froideur de la peau de Narjess. *Une très bonne danseuse, excellente même.* Éric n'a qu'à suggérer les mouvements pour que celle-ci pivote et virevolte avec vitesse et dextérité. Elle le regarde droit dans les yeux, l'encourageant à accélérer le rythme.

Éric, en danseur accompli, s'exécute. Bientôt, le vide se fait autour d'eux tandis qu'ils tournoient à un rythme endiablé. Éric est emporté, jamais il n'a connu une aussi bonne cavalière. Ils ne font qu'un tant leurs gestes sont parfaitement synchronisés. Leurs corps se rapprochent sans jamais se toucher, il a l'impression de voler. Inspiré, il s'enhardit et tente des passes plus aériennes.

D'un geste fluide de la main, il fait pivoter Narjess sur elle-même. Elle revient en tourbillonnant sur lui. Éric la réceptionne et un bref instant, la tient entre ses bras. De dos, elle pose sa nuque contre son épaule et renverse son visage vers le sien. Éric a pleinement conscience de leurs corps et surtout de leurs lèvres si proches... Mais la musique dicte son tempo et les sépare. Narjess se détache de lui pour une nouvelle figure.

La musique s'accélère... Éric reconnaît le final.

Narjess prend l'initiative. Elle lâche sa main et s'éloigne de quelques pas en tournant sur elle-même. À deux mètres de lui, elle se fige et le regarde droit dans les yeux : « *Suis-moi, si tu l'oses* », semble-t-elle lui murmurer avant de prendre son élan pour revenir vers lui. Elle bondit en arrivant à sa hauteur, Éric la saisit par les hanches pour la soulever au-dessus de ses épaules. Mais à sa grande surprise, Narjess prend appui sur sa cuisse et se projette dans les airs pour y effectuer un salto avant de retomber. Éric a juste le temps d'ouvrir les bras pour la rattraper. Elle s'y coule et l'enlace, son visage si proche, ses deux mains sur sa nuque. D'un geste nullement commandé par les besoins de la danse, elle se tourne légèrement pour presser sa poitrine contre le torse d'Éric. Curieusement, il ne sent ni souffle chaud ni parfum quand elle lui glisse au creux de l'oreille :

— Merci pour ce petit avant-goût. La soirée ne fait que commencer, à tout à l'heure.

Alors qu'Éric voudrait que le temps s'arrête pour la garder contre lui, Narjess se détache, se relève et salue comme une artiste venant d'accomplir une performance – ce qui est l'exacte vérité. D'ailleurs, tous leurs collègues se sont arrêtés pour les observer et applaudissent. *Si je voulais être discret, c'est raté...*

Une personne semble moins enthousiaste cependant : Élisa Alvarez a regardé la scène avec une certaine aigreur dans l'estomac... l'ombre d'une jalousie qu'un policier ne devrait pas éprouver pour son indic. Alors qu'Éric se remet à peine de l'effort, elle lui dit d'un ton bien plus sec que ne l'exigent les circonstances :

— Désolée de perturber ton plan drague avec la fille du boss mais je voudrais que ma couverture reste crédible : la prochaine danse est pour moi.

Éric s'exécute de bonne grâce, il a le désagréable sentiment de ne pas avoir été honnête avec Élisa en dansant avec Narjess. *Ressaisis-toi, ce n'est pas ta copine, vous faites semblant...*

À ce moment, la musique change, plus douce, apaisée. Éric reconnaît les premières notes de *Still loving you*, son slow préféré. Élisa passe ses mains autour de sa nuque quand il la saisit par la taille. Ils commencent à danser, en maintenant une certaine distance respectueuse. Ils tournent ainsi quelques instants, gênés. Puis Élisa lui murmure :

— Si je veux garder ma couverture, il va falloir faire mieux que ça. Là, on dirait deux ados à leur première boum.

Elle fait un pas vers lui, leurs jambes s'entremêlent. Il la serre un peu plus contre lui et Élisa pose sa tête contre sa poitrine. L'odeur de ses cheveux bouleverse ses sens.

Éric ne peut s'empêcher de la comparer à Narjess. Elles sont si opposées. La froideur des mains de l'une, la douce moiteur de l'autre ; la perfection absolue des gestes, une hésitation et une candeur touchante…

À l'autre bout de la salle, Narjess a rejoint son père qui observe ses employés s'amuser. Depuis plus de deux mille ans, il s'étonne qu'il soit si facile de faire tomber toute inhibition à certains humains. Une ambiance de fête, un peu d'alcool et ils oublient que leur seigneur et maître est là, les observant, les jugeant, voire les condamnant. Cette soirée est bien plus révélatrice que tous les rapports de son « directeur des ressources humaines ».

— Très beau spectacle, dit-il à l'adresse de sa fille qui vient de se poster à ses côtés. Un brin ostentatoire, néanmoins.

Narjess répond d'une voix froide et hésitante, comme prise en faute :

— Je ne pensais pas aller aussi loin. Je voulais juste m'amuser. Je me suis laissée emporter. Cela ne se reproduira plus, père.

Et pourtant, ce mortel me fait un drôle d'effet. Danser avec lui m'a fait me sentir plus vivante que si je m'étais repue de son sang…

Depuis un recoin de la salle, Christophe Zalmer a lui aussi observé Éric et Narjess danser. Il rumine. *J'aimerais me tromper. Mais si j'ai raison ? Je n'arrive pas moi-même à y croire mais il y a trop d'indices. Non, je ne peux pas laisser le petit seul face à elle.* C'est donc avec une grande inquiétude qu'il aperçoit Éric et Narjess sortir main dans la main en fin de soirée…

CHAPITRE XXII
Soirée d'entreprise • 3

Quand Narjess lui a proposé de la suivre à l'extérieur, Éric n'a pas hésité longtemps. Le souvenir de leur danse est encore brûlant dans sa chair ; tous ses sens sont en éveil. La fraîcheur nocturne le frappe de plein fouet. Il n'est vêtu que d'une fine chemise blanche. La salle des fêtes louée par les laboratoires Goji donne sur un petit parc au cœur de la ville. Dans la pénombre, Éric devine quelques jeux pour enfants au milieu d'une multitude d'arbres. Narjess le prend par la main. Il marche derrière elle, admirant sa démarche fluide et féline. Sans un mot, d'un pas décidé, elle l'entraîne sous un immense saule. Là, isolé du monde par un rideau de feuillage, elle se retourne vers lui et le fixe de ses grands yeux bleus.

Éric contemple un instant la femme devant lui. Elle est magnifique, les traits aussi fins qu'une statue grecque, des cheveux d'un noir de jais, des yeux qui semblent des puits sans fond où il pourrait perdre son âme. *Dire des banalités, ce serait perdre la magie du moment...* Sans un mot, Éric porte une main à la taille de Narjess, elle ne dit rien, se laisse faire. L'autre main monte à sa nuque et l'enserre. Ils restent un instant immobiles.

Puis Narjess pose une main sur le torse d'Éric et lève la tête dans sa direction. Éric fait le dernier pas qui les séparait encore et la seconde main de Narjess se glisse dans son dos. Ils ont les yeux rivés l'un à l'autre, leurs deux corps prêts à se toucher. D'une légère pression, Éric attire Narjess contre lui, elle suit le mouvement. Il sent son ventre se plaquer contre le sien, ses seins s'écraser contre son torse. La respiration d'Éric s'accélère, mais trop ému – emporté par son désir –, il ne remarque pas que la poitrine de Narjess ne se soulève pas et que si son propre cœur bat à tout rompre, celui de Narjess est en sommeil.

Il approche ses lèvres. Elle lui prend alors le visage entre ses deux mains glacées et lui incline la tête. *Un baiser dans le cou pour commencer ? Étrange...* Il se laisse faire.

Les yeux fermés, il ne voit pas les lèvres de Narjess se retrousser pour révéler deux canines proéminentes, prêtes à mordre dans sa jugulaire...

*
* *

Élisa, toute à son enquête, n'a pas remarqué le départ d'Éric. Un verre de Coca light à la main – *jamais d'alcool en service* –, elle est trop occupée à tenter d'obtenir des informations d'un certain Luc Dufontel. Ses collègues l'ont désigné comme un proche du regretté Lionel Parme. Ils ont par contre omis de préciser que c'était un « sacré gros lourd »... Le genre vieux beau – il approche de la cinquantaine –, « chemise ouverte, chaîne en or qui brille ». *Pas mon genre.*

— Oui, Lionel et moi, on jouait beaucoup au poker. Je pratique aussi le strip-poker, si ça vous tente...

Élisa ignore sa remarque.

— Un loisir un peu coûteux, non ?

— Ça dépend pour qui. Quand on est bon comme moi ça arrondit plutôt les fins de mois. Avec mes gains, je me suis acheté une grosse cylindrée... Si tu veux, je t'emmène faire un tour ? Le périph' à deux cents, tu verras, ça donne des frissons. Les nanas adorent !

— Et Lionel, il était bon au poker ?

— Lui ? Pas franchement. À un moment, il était même plutôt fauché. Mais il a dû se refaire parce que ça allait mieux question thune, ces derniers temps…

— Mais alors, qu'est-ce qui a bien pu le pousser au suicide ?

— Dis, t'en poses des questions sur Lionel ! Tu ne serais pas du genre à fantasmer sur les macchabées quand même ? Surtout quand tu as un beau mec comme moi à ta disposition…

Beau ?! Non, mais regarde toi dans une glace… En revanche, con, ça oui… Profitons-en. Élisa lui répond en appuyant d'un clin d'œil aguicheur :

— Tu sais, nous les filles, on adooore les ragots. Allez, si tu as un truc croustillant, dis-le-moi. Sois cool ! Ça fera baver les copines.

Le vieux beau cède même s'il vient de comprendre qu'il rentrera seul ce soir. Mais tant qu'il peut prolonger la conversation… Passer une partie de la soirée avec une jolie fille, même sans conclure, c'est bon pour l'ego et la réputation…

— Je peux juste te dire qu'il a reçu plusieurs coups de fil en numéro masqué dans les jours précédant sa mort. Ça le stressait.

Élisa expédie rapidement la fin de la discussion. *Bonne pioche ! Mais quel type insupportable ! Enfin, des appels anonymes, c'est déjà le début d'une piste…* Elle cherche Éric des yeux mais ne le trouve nulle part. *Bof, pas grave. Qu'il vive sa vie, moi j'ai une enquête à mener.*

Chapitre XXIII
Soirée d'entreprise • 4

— Éric, tu es là ? Élisa te cherche…

Zalmer vient d'interrompre Narjess, une fraction de seconde avant le moment fatal. Furieuse, elle lui fait face.

L'intrus a écarté le rideau de feuillage du vieux saule. Il les rejoints sous les branches, sans sourciller.

« *Fuis, pauvre fou !* » L'injonction mentale de la vampire frappe le laborantin. Il accuse le coup, fait un pas en arrière. Mais, chose qui n'est que rarement arrivée à Narjess en plus de cinq siècles d'existence, il résiste. Christophe relève la tête et la regarde droit dans les yeux.

Impossible, comment peut-il ? Faisant même plus que résister, Christophe avance d'un pas et tend la main en direction d'Éric. Celui-ci, inconscient du piège auquel il vient d'échapper, regarde alternativement l'un puis l'autre. Peut-être sent-il instinctivement le combat mental auquel se livrent l'homme et la vampire car il reste silencieux et observateur.

Christophe fait encore un pas vers le couple. Et, à sa grande surprise, Narjess recule, comme si une force invisible la repoussait. *Comment est-ce possible ? Je n'ai jamais ressenti une telle présence, sauf face à de très rares hommes d'Église…*

Christophe pose la main sur l'épaule d'Éric.

— Élisa t'attend. Tu sais, ta copine…

En prononçant ces mots, il ne lâche pas Narjess des yeux, trop conscient de la fragilité de son emprise. S'il se relâche, ne serait-ce qu'un instant… Heureusement, Narjess ne peut que constater sa défaite.

— Bonne nuit Éric, crache-t-elle, la voix pleine de colère. Puisque le « devoir » t'appelle, je te laisse... Mais ce n'est que partie remise.

Elle fait demi-tour et s'enfonce dans la nuit. Elle est folle de rage, de frustration, de désir inassouvi. *Son sang, je veux son sang et je l'aurai. Ce misérable laborantin ne se mettra pas bien longtemps entre moi et ma proie !*

Christophe et Éric sont seuls sous le saule.

— Tu as conscience que tu viens de me faire foirer un coup avec la plus belle nana de la soirée ? demande Éric, en colère.

— J'espère me tromper mais si j'ai raison, un jour, tu me remercieras. Bon, ce n'est ni le lieu ni le moment pour en parler. On se revoit lundi...

Et sans un mot de plus, Christophe retourne à la soirée. Seul, au milieu de la nuit froide, Éric n'a d'autre choix que de le suivre. Il est intrigué par le ton de son collaborateur. Comme si la scène avait été un électrochoc lui faisant prendre conscience qu'il ne peut plus fermer les yeux et faire comme si tout était normal alors qu'autour de lui plus rien ne l'est depuis longtemps.

Il marche lentement dans le jardin. L'air sec le dégrise ; il inspire lentement à la lumière des étoiles. Tous les questionnements refoulés remontent à la surface d'un coup.

Je devrais être fou de rage contre lui. Pourtant, je sens que je ne devrais pas m'intéresser à Narjess. Elle est dangereuse, tout mon être le crie mais je n'arrive pas à lui résister. Il y a trop de choses qui ne vont pas ici pour ne pas avancer avec méfiance. Que sait réellement Christophe ? À propos de la mort de Lionel Parme, à propos de nos recherches secrètes, à propos de Narjess ? Quel lien avec ce Luigi ? Comment peut-il avoir trait pour trait le visage de l'assassin de mes parents ? Je ne peux plus rester sans rien faire. Ressaisis-toi, Éric, il faut comprendre. Et pour cela, il n'y a qu'un moyen…

*
* *

Éric retourne dans la salle des fêtes. Narjess est invisible mais ce n'est plus elle qu'il cherche désormais. Élisa est à côté du buffet, un verre à la main. Elle observe les danseurs en silence.

— Tu me cherchais ? lui demande-t-il.

— Non… Si tu veux t'envoyer en l'air avec la fille de ton patron, c'est ton problème.

Éric détecte un soupçon d'aigreur dans sa voix. *Serait-elle jalouse ? Et pourquoi donc ? Pour elle, tu n'es qu'un indic, un outil pour résoudre son enquête… Mais Christophe a dit qu'Élisa me cherchait ? Il aurait menti ? Pourquoi nous a-t-il suivis alors ? D'autres questions sans réponses…*

— La soirée a-t-elle été productive pour l'enquête ?

— Oui. Le profil de Lionel Parme se précise. Arriviste, prêt à tout pour grimper les échelons. Mais surtout, plusieurs de ses collègues l'ont trouvé anormalement stressé quelques jours avant sa mort. Il aurait reçu plusieurs appels téléphoniques, il avait l'air d'en avoir peur. Des appels anonymes d'après un témoin. J'en aurai rapidement confirmation par le commissariat, mais si c'est le cas, la thèse du suicide prend du plomb dans l'aile. En revanche, personne ici ne connaît Maître Luigi, ni n'a une idée du rapport qu'il pouvait avoir avec Lionel Parme.

Élisa marque une pause, termine son verre cul sec et reprend :

— J'en ai fini pour ce soir. Tu me ramènes ? Vu que ta petite virée dans le parc ne s'est pas terminée comme tu le souhaitais...

Son ton est acerbe.

*
* *

Dissimulée dans un coin, Narjess n'a rien perdu de leur conversation. L'ouïe de son espèce est exceptionnelle. *Ainsi, il fricote avec la police. Intéressant... Mais il ne leur a pas parlé de moi, encore plus intéressant... Heureusement. Sinon, j'aurais dû le tuer et ça n'est pas dans mes plans. En tout cas, j'aurai eu confirmation que c'est bien à Luigi que Lionel Parme a vendu des informations. Il va falloir être prudente.*

— Je croyais bien vous avoir dit que je ne voulais pas que vous fassiez votre déjeuner du jeune Miran...

Comme à son habitude, Théophraste s'est matérialisé sans bruit derrière sa fille. Elle est habituée maintenant.

— Je ne l'aurais pas tué. Je ne voulais que quelques gouttes de son sang, répond-elle comme prise en faute.

— Épargner vos proies, ce n'est pas dans vos habitudes.

— Non. Mais je respecte vos ordres, père. Et vous voulez qu'il vive.

Et surtout, il est différent. Je veux m'en repaître, oui. Mais pas une fois seulement. D'ailleurs, j'attends de lui plus que son sang. Mais Narjess ne souhaite pas s'engager sur ce terrain glissant avec son créateur. Elle change de sujet.

— Christophe Zalmer, il a résisté à mes injonctions mentales. Plus encore, il est parvenu à me repousser. Comment est-ce possible ?

Théophraste sourit :

— Crois-tu que je l'ai choisi par hasard ? Ceux qui ont la foi peuvent nous résister. Quelle que soit la nature de cette foi. Ce qui compte, c'est la force de leurs convictions, leur intégrité morale. Peu importe que leur inspiration soit religieuse ou non... À sa manière, Christophe Zalmer a la « vraie foi », une croyance aussi dangereuse pour nous que la lumière du soleil...

Chapitre XXIV
Soirée d'entreprise • 5

La soirée se termine. Narjess a encore soif de sang humain. Ses veines desséchées lui crient leur frustration. *Il me faut une proie, tout de suite.*

Les musiciens ont déjà remballé leurs instruments, et, depuis la scène vide, les haut-parleurs diffusent une bande-son rock répétitive, destinée à faire comprendre aux derniers pique-assiettes qu'il leur faut désormais prendre le chemin de la maison. Ils sont encore une poignée autour du buffet à écluser les fonds de bouteilles. Éméchés pour la plupart. La salle est jonchée de détritus : verres en plastiques, cacahuètes écrasées, taches de vin. *Glauque.* Narjess se hâte de sortir.

La soif de sang se fait à chaque instant plus forte, elle sent son corps la brûler. Il lui faut une proie très rapidement. Elle s'est nourrie récemment ; elle ne devrait pas être en manque comme ça. *Éric. Est-ce la frustration ? Ou la colère d'avoir été mise en échec par ce… syndicaliste ? Peu importe, je dois boire. Si je ne suis pas rassasiée avant le lever du soleil, je vais perdre le contrôle…*

Le bâtiment donne sur une rue. Personne. Elle scrute néanmoins chaque recoin à la recherche d'une victime potentielle. Devant elle, par-delà le carrefour se trouve une petite place, et une bouche de métro. À cette heure tardive, il est fermé, elle n'y trouvera personne. Plus loin, une petite galerie marchande. Aucune chance non plus.

Elle se retourne. Derrière elle, la rue remonte en pente : une voie peu passante et encore une fois perdue dans la pénombre. Mais un petit point rouge flotte dans la nuit, la lueur d'une cigarette allumée. Le regard perçant du vampire devine un homme en tenue de motard adossé contre un mur. Son casque repose sur son engin flambant neuf à côté de lui. Un modèle sportif aux couleurs criardes. Narjess le reconnaît. Luc Dufontel, l'éternel dragueur des laboratoires Goji.

Bien que s'estimant très au-dessus des femmes mortelles, sans se l'avouer, Narjess supporte mal le machisme ordinaire des hommes comme Luc Dufontel. Il y a cinq cents ans, dans les ruines du califat de Grenade assiégé par les armées espagnoles, sa mort et sa renaissance l'ont délivrée de la condition peu enviable des femmes d'Europe, chrétiennes comme musulmanes. Elle ne peut oublier.

Narjess a choisi. Elle marche d'un pas décidé, un sourire carnassier aux lèvres. Il ne manquera plus jamais de respect à une femme…

Inconscient du danger, Dufontel inspire lentement la fumée de sa cigarette. *Une dernière clope pour dessoûler et après go !* À cette heure avancée, le périphérique est pratiquement désert, le moment idéal pour la vitesse en moto.

C'est alors qu'il aperçoit une silhouette féminine. Elle est encore trop loin pour qu'il en distingue les traits. Il l'apostrophe quand même :

— Alors poulette, on rentre seule ? Tu veux que je te dépose quelque part ?

La femme passe alors sous un lampadaire et il la reconnaît aussitôt. *Merde ! Narjess… Je viens de perdre une occasion de me taire.*

— Ah Luc, pas encore couché ! C'est votre moto ?

— Euh, oui… bafouille-t-il.

Il est paniqué. Il sait parfaitement que ce qu'il vient de faire est incorrect. D'habitude, le regard outré des femmes le fait rire. Mais la fille du patron... *Elle va me faire la peau, je suis* viré, c'est sûr. Au lieu de cela, Narjess lui demande d'un ton sensuel :

— Vous m'emmenez faire un tour ? J'ai toujours adoré la moto.

Je rêve où elle me fait du rentre-dedans ? Dufontel est incrédule : Narjess, la beauté fatale qui fait l'objet de bien des conversations grivoises autour de la machine à café...

— Euh oui, bien sûr, si vous voulez, murmure-t-il.

Sans plus attendre, Narjess s'assied à la place du passager. Elle pose les deux mains sur le siège de devant et se penche vers Luc Dufontel dans une posture suggestive.

— Tu viens ?

La tension vient de grimper. Fébrilement, il enfourche sa moto. Il parle beaucoup mais en réalité il rentre souvent seul – en tout cas jamais aussi bien accompagné.

Il lance sa moto à pleine allure sur le périphérique. Narjess est assise derrière lui, il sent ses bras enserrer sa taille, et à travers son épais blouson, la poitrine de Narjess s'appuie contre son dos. Ses longs cheveux d'un noir de jais volent au vent, elle ne porte pas de casque.

Accélère, je veux ressentir le frisson de la vitesse. L'ordre mental de la vampire force Luc Dufontel à atteindre une vitesse bien au-delà du raisonnable. Narjess ferme les yeux. Malgré le vent qui hurle dans ses oreilles, malgré le rugissement du moteur, elle perçoit les battements rapides, très rapides, du cœur de sa proie. Elle goûte au plaisir du moment tandis que l'asphalte défile sous ses pieds.

La moto s'engage sur une ligne droite. Au bout, le périph' est couvert. C'est aussi un virage. C'est le lieu que Narjess a choisi pour la mise à mort. Mais Luc Dufontel décélère et active le clignotant de droite. Il se tourne vers Narjess :

— Chez moi, c'est par là.

Derrière son casque, il lui adresse un sourire qu'il voudrait ravageur et qui est en réalité pathétique. « *Continue* », ordonne cependant Narjess. Luc hésite. Sa main droite actionne un instant l'accélérateur puis cesse. Sans doute devine-t-il l'absurdité de la suggestion. Il tente de résister mais Narjess insiste et renforce son injonction. Sans qu'il en ait conscience, Luc accélère. Sa moto file droit vers l'entrée du tunnel, à toute allure.

Le moment est venu. Narjess relève ses mains pour les plaquer sur les pectoraux de Luc Dufontel et assurer sa prise. Il émet un bref soupir de plaisir. Puis elle ouvre sa gueule. Son visage prend une apparence bestiale, dénuée de toute humanité quand elle plante ses crocs dans la gorge de sa victime.

Le sang jaillit. Narjess le boit sauvagement. Sa chaleur se distille dans ses chairs mortes, les vivifiant. L'alcool y pénètre également, lui procurant une douce euphorie.

Privée de conducteur, la moto tangue et zigzague à hauteur du pont. D'un bond, Narjess s'éjecte. Elle s'envole dans les airs pour atterrir sur la rue, juste au-dessus de la voie rapide...

La moto et son propriétaire, eux, s'encastrent dans le tunnel...

Un énième drame lié à l'alcool au volant. La police humaine n'y verra que du feu. Et je ne veux pas attirer l'attention du Chasseur.

Narjess disparaît dans la nuit.

Chapitre XXV
Espionnage • 1

Non, ça ne peut pas être vrai. Je me fais des idées. Elle allait seulement l'embrasser. Pourtant, je n'ai pas rêvé cette confrontation, ce duel de volonté. Le premier au labo, Christophe rumine encore les événements de la soirée deux jours plus tôt. En ce lundi matin, il a le regard fatigué d'une personne qui a connu un week-end peu reposant. Et pour cause, il l'a passé à lire et relire son imposante bibliothèque d'ouvrages ésotériques.

Il n'y croit pas, bien sûr. Enfin, il n'y croyait pas jusqu'à vendredi soir. Les légendes de sorcières, de vampires ou de fantômes ont toujours été pour lui un hobby, un passe-temps amusant. Aujourd'hui, il doute. Entre collègues, les habitudes du patron et de sa fille alimentent les plaisanteries : personne ne les a jamais vus à la lumière du soleil, ni boire ou manger. Mais ce week-end, en consultant ses albums photos, Christophe a découvert un nouveau détail troublant : ni Théophraste, ni Narjess n'ont pris une ride depuis cinq ans qu'il pose avec eux sur la photo annuelle du personnel. Cinq ans, pas assez pour être probant, trop pour être ignoré. Et puis, il y a les exploits physiques de Narjess, sa performance incroyable en dansant le rock. *Mais non, ça ne peut pas être vrai.*

Christophe Zalmer contemple les fioles de sang. Leurs analyses ne donnent rien et on ne sait pas d'où elles proviennent. Un autre mystère. Éric et lui sont régulièrement fournis en sang frais car il se détériore rapidement. Mais ils ne savent pas par qui ni comment. Certains matins, de nouveaux tubes à essai sont dans le frigo. La prochaine livraison est pour demain d'ailleurs.

Christophe est interrompu dans ses pensées par un claquement de porte. Éric vient d'arriver. Pour lui aussi, visiblement, le week-end fut long. Mais au-delà de la fatigue apparente, Christophe voit briller dans les yeux d'Éric une lueur de détermination nouvelle.

— Ce midi, on mange au chinois, ça sera l'occasion de bavarder en dehors du labo…

La matinée passe lentement. Éric ne fait aucune allusion à la soirée de fin d'année et ils se concentrent sur leur travail. Celui-ci n'avance guère. Les propriétés chimiques du sang ont été analysées, et rien n'indique qu'il soit compatible avec le sang humain… Midi arrive enfin, Éric et Christophe partent ensemble.

Rapides et bon marché, les restaurants asiatiques sont parfaits pour un repas entre collègues. Mais ce qui a déterminé le choix d'Éric, c'est la fontaine au milieu de la salle. Le bruit de l'eau qui coule couvre le bruit des conversations – au cas où une oreille indiscrète traînerait. Pour le reste, la décoration est comme souvent kitsch. Éric et Christophe sont assis au-dessus d'un plancher de verre sous lequel nagent quelques carpes koï. Sur le mur du fond, un bouddha les observe assis en tailleur, au milieu d'une jungle de fleurs en plastique.

La serveuse s'est à peine éloignée – juste après avoir servi une assiette de nems et deux bières chinoises – qu'Éric entre dans le vif du sujet :

— Le sang qu'on nous demande d'étudier, je me demande bien d'où il sort. Qui aurait pu synthétiser quelque chose d'aussi étrange ? Pas un autre service des laboratoires Goji en tout cas.

— Certainement pas, approuve Christophe. Mais notre PDG maintient le secret absolu sur son origine. Demain, il y aura de nouveaux échantillons dans le frigo mais comment arrivent-ils ? Mystère...

— Il y aurait bien un moyen de savoir... répond Éric d'un air mystérieux.

Christophe ne répond pas immédiatement. Le ton d'Éric suggère que ce moyen ne serait pas forcément du goût de Théophraste. Il hésite un moment avant de faire signe à Éric de continuer. *Je ne peux plus rester avec mes doutes, je dois en avoir le cœur net.* Éric pose alors une canette de Coca sur la table sous le regard étonné de Christophe.

— Ceci n'est pas une canette de Coca, dit Éric d'un ton mi-amusé, mi-provocateur.

Christophe fronce les sourcils.

— Les miracles du numérique et de la miniaturisation, associés à Internet... On trouve tout le matériel du parfait agent secret sur certains sites. Une caméra est dissimulée à l'intérieur. On la laisse ce soir en partant, et demain, on saura au moins qui nous livre.

Pas très réglo mais discret. Il a de la ressource le petit. Christophe acquiesce.

Le soir venu, ils mettent leur plan à exécution. Deux canettes sont laissées : l'une en direction du frigo, l'autre vers la porte.

Chapitre XXVI
Enquête sur un double meurtre • 3

— Non, désolé, depuis qu'il nous a dessaisis du dossier, je ne l'ai plus revu. Je ne peux pas vous aider.

Élisa Alvarez repose le combiné et se lève. Lorsqu'elle a besoin de réfléchir, elle aime appuyer son front contre les fenêtres de son bureau. Le spectacle de la vie dans la cité en contrebas l'aide à penser. Et là, elle en a besoin.

L'IGS vient d'appeler. Le commandant Martel est porté disparu depuis plusieurs jours, son appartement a été cambriolé. Tous ses dossiers ont disparu... Les bœuf-carottes ouvrent une enquête.

En bas, une poignée de pré-ados jouent au ballon au pied des immeubles. Un peu plus loin, deux personnes âgées poussent la porte du local des Restos du cœur. Un jeune couple rentre avec une poussette dans la galerie commerçante. La vie ordinaire. Mais chez Élisa, rien ne va plus depuis qu'elle a commencé cette enquête parallèle. *Je savais déjà que je risquais ma carrière. Mais me serais-je trompée ? Ne serait-ce pas plutôt ma vie qui est en jeu ?*

Elle tourne la tête vers son bureau et la feuille qui y est posée : le listing des appels téléphoniques de Lionel Parme. Elle sait qu'elle a pris un risque, elle n'avait pas l'autorisation de le demander. Mais le jeu en valait la chandelle, elle a enfin une piste. Lionel Parme recevait bien des appels anonymes. Anonymes pour lui, pas pour son opérateur téléphonique ni pour la police donc. Pour une fois, la chance lui sourit. Celui qui appelait était bien moins précautionneux que Maître Luigi. Il ne pensait sans doute pas que la police enquêterait...

Le nom devant ses yeux lui glace le sang : Narjess, la fille du PDG des laboratoires Goji.

Elle repense à la soirée et se remémore le jeu de séduction entre cette femme et son indic. *Que lui voulait-elle réellement ? Que s'est-il passé entre eux ? Sur le chemin du retour, il n'a pas voulu m'en dire un mot mais il avait l'air perturbé. Lui ai-je fait prendre trop de risques en l'embarquant dans ma croisade personnelle ?* En y pensant, son cœur se serre.

Elle sort, direction la machine à café. Un petit noir bien serré ; c'est sa drogue à elle. Légale, mais aux doses qui sont les siennes, pas forcément sans effet sur la santé. Ses collègues la charrient souvent pour sa manie de laisser traîner partout des tasses à moitié vides. Elle passe devant le bureau de son supérieur, le capitaine Régis Gauthier. Il est au téléphone, il parle fort, passablement énervé.

— Oui, je vous remercie de votre appel. Mais écoutez-moi bien. Votre fils s'est suicidé. Sui-ci-dé. C'est sans doute très triste mais me harceler au téléphone n'y changera rien.

Il raccroche violemment. Intriguée, Élisa passe la tête par la porte ouverte.

— Un souci, patron ?

Gauthier est assis au fond de son fauteuil et fait rouler une cigarette entre ses doigts malgré la loi Évin — d'ailleurs le bureau sent le tabac froid. Fumer au bureau est chez lui signe d'agacement. Un rapport sur les vols à l'étalage du marché local gît en désordre devant lui. Mais son énervement doit venir d'ailleurs.

121

— Les parents de Lionel Parme. Ils m'appellent tous les jours. Ils refusent d'admettre qu'ils n'ont pas vu que leur fils allait mal...

Il a besoin de vider son sac...

— Et là, ils voulaient quoi ? demande Élisa, soucieuse de profiter de l'humeur bavarde de son chef.

— Le notaire vient de leur transmettre l'état des comptes du défunt. Ils prétendent qu'il y a des mouvements suspects... Vraiment incapables de regarder la réalité en face.

Je dois en savoir plus. Mais je dois manœuvrer ce lourdaud en finesse. Elle s'assoit et se penche vers son supérieur avec une moue compatissante.

— Vous savez, chef, je crois qu'ils ont surtout besoin de parler de leur fils, de se sentir écoutés...

— Oui ben, grogne le capitaine Gauthier, on n'est pas assistantes sociales. Ils n'ont qu'à se payer un psy puisqu'ils viennent d'hériter d'un compte en banque bien garni.

— Si vous voulez, propose Élisa, doucereuse, je peux aller leur rendre visite. Comme ça, ils auront l'impression qu'on s'occupe d'eux et ils vous laisseront tranquille.

— Oh, eh bien si vous voulez jouer les mères Teresa, allez-y ! gronde le capitaine Gauthier. Mais je ne vous signerai pas d'heures sup' pour ça ! Et maintenant sortez. J'ai du vrai travail avec ce foutu rapport sur les pickpockets.

En fin d'après-midi, Élisa gare sa voiture de service dans une ruelle de Villeneuve-Triage. Enclavée entre les voies ferrées et la Seine, le quartier est isolé, peuplé en majorité de personnes âgées. Depuis les fenêtres de leur HLM, les parents de Lionel Parme, anciens cheminots, voient toujours passer les trains ; et aussi les avions, l'aéroport d'Orly n'est pas loin. Élisa hésite un instant puis sonne. *Si Lionel Parme a réellement été assassiné, ses parents ont droit à la justice.*

Un vieux monsieur lui ouvre, il est tassé par l'âge ; il la conduit en tremblotant vers la table du salon. Dans cet appartement, le temps semble s'être figé trente ans plus tôt – à l'exception de l'écran plat qui trône à la meilleure place. Sinon, entre le papier peint vert à rayures, les napperons sur les meubles en bois, et la photo de mariage sépia, on pourrait se croire dans un musée.

La mère de Lionel sert à Élisa une tasse de café et lui tend des gâteaux secs qu'elle refuse poliment. Son père pousse vers elle une épaisse chemise cartonnée.

— Tout est là.

Élisa ouvre le dossier. Parmi les nombreux papiers administratifs liés au décès, elle identifie rapidement ceux qu'elle cherche. L'étude des relevés bancaires est rapide mais confirme ses soupçons. Dans les mois précédents, Lionel Parme a souvent fait de gros retraits en liquide. Il n'avait aucune économie mais un crédit à la consommation : les signes classiques d'endettement par le jeu. Dans les dernières semaines, elle constate des virements importants émis depuis un compte étranger.

— Lionel allait très bien. Il avait même prévu de venir manger à la maison dimanche prochain. Il ne voulait pas se suicider, dit tristement sa mère.

— Mon travail est de comprendre ce qui s'est passé, lui répond Élisa. Et ceci va m'y aider. Est-ce que vous avez remarqué autre chose d'anormal concernant votre fils ces derniers temps ?

Les deux vieux se consultent du regard. Le père hoche la tête. La mère se lève :

— Suivez-moi.

Elle désigne de la main un cartable en cuir, près du bureau.

— Lionel l'a oublié la dernière fois qu'il est venu. Il nous a dit que ce n'était pas grave, qu'il le reprendrait plus tard. Ça nous a surpris. C'est la première fois qu'il venait chez nous avec ses affaires professionnelles.

Élisa ouvre la mallette. À l'intérieur, un unique dossier étiqueté : « Recherches sur l'aconit ». *L'amener chez ses parents et l'y oublier, c'est suspect... Il voulait sûrement le cacher...*

— Je peux le prendre ? demande Élisa.

Les parents de Lionel acquiescent.

Chapitre XXVII
Espionnage • 2

Le lendemain matin, Christophe et Éric sont devant leur ordinateur. En vitesse accélérée, les images de la nuit défilent. Rien ne bouge dans le laboratoire endormi. L'horloge de la caméra indique 1h30 quand enfin un faisceau de lumière balaye la pièce : la torche du gardien pendant sa ronde nocturne. Alors qu'il quitte le laboratoire pour poursuivre son tour, la porte du frigo s'ouvre et se referme presque aussitôt. Éric et Christophe ont à peine le temps de voir une silhouette sombre se découper dans l'encadrement de la porte.

Beaucoup trop rapide... personne ne peut agir aussi vite. Éric regarde Christophe qui en est visiblement arrivé à la même conclusion. Il repasse la scène au ralenti. La forme est fine, féminine. Elle sort un tube à essai du frigo puis... se mord son propre poignet d'un geste vif. Des gouttes de sang perlent de son avant-bras avant de s'écouler dans le récipient.

Mais qui est-ce bordel ? L'ombre reste obstinément de dos, cachant son visage derrière une longue chevelure noire. Éric sent une boule d'angoisse se former dans son estomac. Il craint de l'avoir reconnue mais il n'ose se l'avouer. Il a besoin de le voir pour le croire.

Il passe aux images de la seconde caméra, pour visualiser l'entrée du gardien dans leurs locaux. Celui-ci ouvre la porte et la referme derrière lui. *Rien d'anormal.*

— J'ai cru voir quelque chose, repasse au ralenti, murmure Christophe, chamboulé.

Éric s'exécute. Effectivement, à cette vitesse, ils distinguent un mouvement flou dans le dos du gardien dans le bref laps de temps avant qu'il ne referme la porte derrière lui. En ralentissant encore, Éric parvient à revoir l'ombre. Quelqu'un, tout de noir vêtu, s'est faufilé derrière le gardien après qu'il ait ouvert la porte. *Impossible, même le plus silencieux des voleurs ne pourrait marcher aussi près de lui sans qu'il ne s'en rende compte. Et encore moins avec une telle célérité.*

Éric fait un arrêt sur image, pour essayer de discerner les traits de l'inconnu. Il balaye, image par image, la courte seconde que dure la scène. Enfin, la chance lui sourit. Sur l'une d'elles, le visage est pris de face. Malgré la pénombre, le doute n'est plus permis. *Narjess...*

Ce sang, celui que j'étudie depuis des semaines, c'est le sang qui coule dans les veines de Narjess. Mais qui est... ou plutôt qu'est cette... « femme » ?

Après avoir visionné le film, Éric et Christophe restent un long moment silencieux. Éric ne comprend pas. En revanche, tout s'éclaire pour Christophe. Il a du mal à y croire mais il reconnaît la véritable nature de Narjess et de son « père ». Il en a froid dans le dos. *Théophraste et sa fille sont dangereux, mortellement dangereux. En m'opposant à eux, je ne risque pas seulement ma carrière, je risque aussi ma vie.* Il pense à la réunion syndicale qui doit avoir lieu dans la soirée. Elle concerne le projet-phare des laboratoires Goji – celui contre lequel il s'oppose : séquencer le génome d'une herbe médicinale traditionnelle des vallées andines pour la breveter et en obtenir le monopole. Une variété d'aconit qui dans la mythologie pré-inca repoussait « les démons de la nuit ». En Europe, la légende veut qu'une autre variété, dite « tue-loup », chasse les loups-garous. Que penser de ces recherches ? Soudain, il se rappelle une anecdote : l'un des premiers herboristes à avoir décrit cette plante dans un traité de botanique s'appelait... Théophraste... un disciple de Sophocle qui a vécu au IVe siècle avant Jésus-Christ. *Je rêve, c'est forcément un hasard. Ça ne peut pas être... lui !*

— Éric, il faut qu'on parle. Mais avant, je dois vérifier certaines choses. J'ai une réunion syndicale ce soir. Si tu peux me retrouver chez moi, juste après ?

Éric acquiesce silencieusement. Il s'interroge. Ses questions prennent la forme d'un trentenaire qui aurait assassiné ses parents il y a plus de vingt ans et n'a pas pris une ride depuis. Petit à petit, l'idée que le surnaturel n'est pas qu'un genre littéraire – qu'il affectionne assez peu d'ailleurs – fait son chemin. Mais il n'est pas encore tout à fait prêt à l'accepter.

Chapitre XXVIII
Espionnage • 3

Plusieurs heures plus tard, Éric quitte enfin le laboratoire. Les images de leurs enregistrements ont tourné dans sa tête toute la journée. Mais que faire ? Il est perdu. *Élisa ne peut m'être d'aucune aide et Christophe ne semble rien vouloir me dire tant que nous sommes sur notre lieu de travail.*

*
* *

Resté seul, Christophe contemple longuement les fioles de sang... *Du sang de vampire... Ces fioles sont la preuve matérielle qu'ils existent. Je comprends mieux tout ce secret autour de nos recherches.* Il prend un tube à essai et le fait jouer entre ses doigts. *Les légendes attribuent au fluide vital des vampires des propriétés extraordinaires. Oserais-je ?* Il hésite un long moment. En pharmacien averti, l'expérimentation sur l'être humain ne doit être pour lui que l'aboutissement d'un long processus strictement encadré. Pourtant, il s'apprête à déroger à ce principe. Il hésite. Il sait qu'il ne devrait pas mais il doit savoir. *Et puis quel protocole scientifique adopter pour tester le surnaturel ? Tout cela n'a aucun sens.* Il se décide.

D'un geste sec, il fait sauter le bouchon du tube à essai, et sans réfléchir aux implications de son geste, de peur de changer d'avis, il avale son contenu.

Le sang est visqueux, presque poisseux, un goût âcre. Rien à voir avec le nectar qu'aurait ce sang d'après certains livres... Il ne se sent pas différent. Pas de sens exaltés, pas de force décuplée, pas de rapidité surnaturelle. Rien qu'un goût étrange dans la bouche.

Il finit par quitter le bureau à son tour. Il va rejoindre ses collègues du syndicat, puis il aura une longue conversation avec Éric.

Que vais-je dire aux camarades ? Comment lutter contre un patron qui aurait plus de deux mille ans et se nourrit d'humains ? Je ne peux pas le leur dire, ils ne me croiront jamais. Il faudrait quand même pouvoir les prévenir... Et Éric ? Il a vu comme moi. Mais il refuse de comprendre ce que ses yeux ont constaté. Comment m'y prendre ?

Moi-même je commence tout juste à réaliser...

Chapitre XXIX
Conflit social • 1

La nuit commence à tomber ; Éric a rendez-vous dans deux heures avec Christophe mais il ne tient plus en place. Dans sa tête tournent et retournent les mêmes questions : la nature improbable du sang de Narjess, l'extrême froideur de ses mains, ses yeux sans âge, et surtout cette tentative de « baiser » dans le cou ? Mais son esprit cartésien refuse d'en tirer des conclusions surnaturelles.

Une pluie fine coule sur son blouson comme sur son visage. Il aime ce contact rafraîchissant, et sauf grosse averse, il évite en général le parapluie. Ce soir, cette sensation de l'eau froide qui s'écoule sur son visage l'ancre dans le monde réel. Il arrive enfin à destination. Il s'arrête un instant avant de pousser la porte d'un grand bâtiment jaunâtre où est inscrit en grandes lettres marron « Bourse du travail ». Trop impatient pour attendre l'heure de son rendez-vous avec Christophe, Éric a décidé de le rejoindre à son syndicat. Par les fenêtres, il l'aperçoit dans une salle de réunion, entouré d'une dizaine de collègues. Il entre.

Christophe voit Éric pénétrer dans la salle. *Le petit n'a pas pu attendre, je le comprends. Moi aussi, trop de questions me brûlent les lèvres.* Il lui fait signe de s'asseoir dans un coin, discrètement. Puis, en bon animateur, il donne la parole à l'un de ses collègues, Abdel. C'est un de ces jeunes militants – idéaliste, énergique – qu'il faut parfois canaliser :

— Nous avons une responsabilité sociale. Si les recherches des laboratoires Goji vont à leur terme, l'entreprise va déposer un brevet sur l'aconit. Les tribus indigènes des Andes seront alors dépossédées d'une plante médicinale qu'ils utilisent depuis des temps ancestraux. Moi, j'ai signé pour faire avancer la science et la santé, pas pour pourrir la vie d'hommes à des milliers de kilomètres d'ici.

— Moi, je travaille pour remplir la gamelle, murmure Liam du fond de la salle.

— C'est bien beau ça mais le grand public se contrefout des principes moraux, répond Jean. Surtout qu'à ce jour, personne, y compris dans l'équipe de recherche, ne comprend pourquoi Théophraste considère ce projet comme prioritaire. Nous avons du mal à identifier un principe actif qui ait une quelconque propriété médicale.

— Bon, alors, que faisons-nous ? demande Christophe pour essayer de recentrer le débat. Après la distribution de tracts d'il y a quinze jours, nous avons été reçus par le DRH. Il a été clair : pour eux, nous sortons de notre rôle en nous mêlant de la stratégie de l'entreprise. Déjà que ce ne sont pas de grands partisans du dialogue social... Ça a l'air de l'avoir fortement agacé...

— On pourrait faire signer une pétition, suggère un vieux syndicaliste, tout en bourrant sa pipe de tabac.

— Mouais, lui répond Liam, d'une humeur de chien. À part donner au PDG une liste nominative de *contestataire*s, je doute que ça lui fasse le moindre effet.

« *Plutôt une liste de courses pour son prochain dîner en compagnie de sa fille ?* » ironise Christophe dans un accès d'humour noir.

— De toute façon, à l'exception de la poignée d'idéalistes présents autour de cette table, personne ne bougera pour ça, reprend Jean. Les collègues sont concentrés sur leurs conditions de travail, leurs fins de mois, la précarité de leurs contrats... On a peut-être d'autres thèmes à aborder ?

— Parfois, mieux vaut ne pas attaquer frontalement, répond Christophe. Notre DRH fait peur. Il n'y a qu'à regarder le peu que nous sommes ce soir... alors que beaucoup en ont gros sur la patate. Certains aimeraient sûrement l'affronter sur un sujet différent, juste pour se dire que c'est possible. Même si cette histoire de brevet du vivant n'est pas *le* sujet prioritaire, il fait parler de nous. Y compris auprès des gens qui ne sont pas trop portés sur le mouvement syndical. Il y a peut-être un fil à tirer dans cette direction...

La fin de sa phrase est couverte par le bruit du verre qui se brise. Avec stupeur, sans réaliser tout de suite ce qui se passe, Christophe Zalmer voit une bouteille s'écraser à ses pieds et répandre un liquide noir, gluant et... enflammé. *Un cocktail Molotov !* Rapidement suivi de plusieurs autres... Les syndicalistes, surpris et paniqués, se lèvent d'un bond.

Éric se retrouve brutalement plongé quelques années en arrière. Il était en Bolivie, perdu dans la pampa. Il avait été invité à assister à la réunion d'un syndicat de *cocaleros*, les agriculteurs de coca, dont la culture est légale dans ce pays. Ils étaient en conflit avec un grand propriétaire terrien. De ce côté de l'Atlantique – en bordure de la jungle où la CIA a assassiné le Che –, les conflits sociaux se résolvent encore au XXIe siècle par la manière forte. Le mode opératoire des nervis était le même qu'aujourd'hui : jet de cocktails Molotov pour les forcer à quitter le bâtiment, puis bastonnade en règle à la sortie. Mais les syndicalistes boliviens n'étaient pas des enfants de cœur, et la machette constituait un outil de travail dont ils ne se séparaient jamais. Éric n'aimait pas repenser à ce jour sombre. *Aujourd'hui, ça recommence... en France...*

— Les hommes de main de Théophraste, ils vous attendent dehors, crie-t-il.

— Comment sais-tu ça ? demande Christophe, la voix teintée de peur.

— J'ai déjà vécu ça ailleurs, lui répond Éric.

— Impossible ! hurle un autre syndicaliste. Il n'oserait jamais !

« *Un employeur normal, c'est peu probable. Mais si ce Théophraste est bien celui que je crois, on aura déjà de la chance s'il ne vient pas en personne...* » pense Christophe.

Éric jette un coup d'œil à l'extérieur, et distingue effectivement des mouvements dans le noir. Ils sont au moins une demi-douzaine, dissimulés dans l'obscurité, à attendre près de l'entrée. *Ça va être chaud !* Éric sort son téléphone et pianote un rapide SMS : « On va avoir besoin d'aide. »

Chapitre XXX
Conflit social • 2

Une épaisse fumée noire envahit l'air de la Bourse du travail, rendant l'atmosphère suffocante. Le feu des cocktails Molotov se propage rapidement au mobilier de la salle de réunion et menace le bâtiment. Éric sait qu'ils vont devoir sortir même si ce qui les attend dehors n'est guère plus réjouissant.

Autour de lui, ses compagnons d'infortune réagissent de manières diverses. Certains ont fait leurs classes au service d'ordre du syndicat : ils font face avec calme et professionnalisme. L'un d'eux entre dans un débarras, encore épargné par les flammes ; il en ressort moins d'une minute plus tard avec quelques manches de pioche, puis entreprend d'en faire la distribution. *Prévoyants, les mecs.* Les autres ont visiblement plus l'habitude du conflit verbal que du conflit physique. Regroupés dans un coin, ils semblent apeurés... *Ils n'ont pas tort. J'imagine mal qu'on puisse tous sortir indemnes...*

En observant le petit groupe hétéroclite, Éric note avec satisfaction que Christophe Zalmer tient un manche de pioche : il a le regard calme et déterminé.

— OK, je sors le premier, vous me suivez ! dit Éric. On reste groupés et on se protège au maximum.

Les autres approuvent, Éric prend une profonde inspiration et ouvre la porte. Il n'a pas fait un pas dehors qu'une dizaine d'hommes sort de l'ombre. Ils ont le crâne rasé et portent des bombers et des chaussures de sécurité. Et surtout, ils sont tous armés de couteaux et de battes de base-ball.

— Alors, les gauchos, on vient prendre une raclée ? ironise l'un d'eux. Il lève sa batte en direction d'Éric.

La suite est rapide – et elle restera longtemps confuse dans la tête d'Éric. Des années d'entraînement au karaté, et plus encore, de bagarres nocturnes dans les couloirs des internats l'ont forgé. Son inconscient prend le relais, il ne réfléchit plus et enchaîne les mouvements, rapides et fluides, presque par réflexe. La batte n'est pas une arme efficace. Lourde et mal équilibrée, elle est lente. Plus rapide que son adversaire, Éric bondit et lui frappe l'avant-bras du tranchant de la main. Le crâne-rasé lâche son arme sous la douleur avant de tenter vainement de porter un coup de poing maladroit. Éric le pare sans peine et riposte d'un direct dans le sternum. L'homme tombe à genoux, le souffle coupé.

Du coin de l'œil, il aperçoit son collègue aux prises avec un homme armé d'un couteau. *Autrement plus dangereux.* Et malgré l'allonge supérieure de son bâton, Christophe a du mal à maintenir son agresseur à distance.

Élisa, fais vite, bordel ! On ne s'en sortira pas seuls ! Cela fait dix minutes qu'il lui a envoyé le SMS. *Mais qu'est-ce qu'elle fout ?*

Il n'a pas le temps de s'en soucier. Un deuxième homme s'approche de lui, cran d'arrêt à la main. Il porte un premier coup en direction du visage. La lame fend l'air à quelques centimètres d'Éric qui esquive. Il tente ensuite une succession de coups vers le ventre. Éric ne parvient à les éviter qu'en reculant. Il guette la faille. Son adversaire s'enhardit mais sa dernière attaque le déséquilibre. Éric riposte immédiatement : en se portant légèrement en avant, il bloque son assaillant d'un bras et déplie sa jambe qui vient frapper le creux du genou. L'homme tombe à la renverse. Éric en profite pour se dégager.

Autour de lui, la situation semble critique. Les hommes de main de Théophraste sont plus nombreux, et plus aguerris au combat de rue que les syndicalistes. Éric constate avec horreur que Christophe gît au sol en se tenant le ventre, les mains rougies de sang. Un autre de ses camarades est également à terre. Les derniers se défendent comme ils peuvent. Ils sont encerclés, leurs adversaires manœuvrent pour les empêcher de fuir. Deux d'entre eux s'avancent vers Éric. Il déglutit. Il ne tiendra plus longtemps.

Soudain, un coup de feu éclate dans les airs. Tout aussi surpris qu'Éric, ses deux assaillants se figent, cherchant à comprendre d'où provient le son. Une voix de femme qu'Éric reconnaît avec soulagement se met à hurler :

— Police ! Que personne ne bouge !

Bien sûr, personne n'obtempère : les hommes face à Éric font immédiatement demi-tour et partent en courant. Ils sont suivis par l'ensemble de leurs compères. Mais étrangement Éric n'entend aucun bruit de course-poursuite. Interloqué, il se retourne vers le portail du bâtiment. Une silhouette unique s'y découpe. *Élisa a répondu à l'appel mais où sont ses collègues ?*

Elle accourt vers Éric, visiblement inquiète.

— Tu n'as rien ? lui demande-t-elle.

Elle hésite à le prendre dans ses bras, et finalement se retient, le dévisageant pour s'assurer qu'il n'est pas blessé.

— Moi ça va, répond-il. Mais ce n'est pas le cas de tout le monde. Où sont les autres flics ? La BAC, pour arrêter des petits dealers, là y a du monde. Mais pour la vraie bagarre, il n'y a plus personne, hein ?

Élisa semble gênée :

— Ils seront là dans cinq minutes. Écoute, je suis venue seule, je les ai prévenus un peu après. Ce n'est pas le moment de t'expliquer mais si tu pouvais ne plus être là quand ils arriveront, ça m'arrangerait…

Éric ne comprend rien. Mais ce n'est pas sa préoccupation principale. *Christophe !* La dernière fois qu'il l'a vu, il gisait au sol, blessé. Il dégage Élisa et court dans sa direction. Il est toujours étendu par terre, entouré par plusieurs de ses camarades. Il a été placé en position latérale de sécurité… Il tousse et recrache un peu de sang. Éric s'agenouille à ses côtés, très inquiet.

Christophe relève pourtant la tête. À la surprise générale, il s'appuie sur son coude et se redresse. Ses gestes, d'abord hésitants, s'affirment de plus en plus. Il s'assied par terre et d'un geste repousse les bras qui voudraient l'aider à se lever :

— Ça va, c'est bon, dit-il d'une voix déformée par l'incompréhension.

— Tu as pris un coup de couteau, comment fais-tu pour te relever aussi vite ? le questionne Éric.

— Le sang… le sang de Narjess, murmure Christophe, hébété.

Mais au loin, les sirènes de police se font entendre.

— Pas ici. Ils poseront des questions, et mes réponses, ils ne sont pas prêts à les entendre. Allons chez moi, poursuit Christophe, qui a retrouvé ses esprits.

— Je viens aussi, déclare Élisa qui s'est approchée et a assisté à toute la scène.

Éric hésite un instant, cherchant un moyen de refuser. Il ne trouve pas. Il sent que tout se percute, l'enquête d'Élisa, la nature profonde de Narjess, ses recherches… *Que s'est-il passé ce soir ? Pourquoi le PDG a-t-il envoyé ses hommes de main pour taire une simple réunion syndicale ? Comment Christophe peut-il marcher ? Il devrait être entre la vie et la mort...* Il hoche la tête en direction d'Élisa, pour lui signifier qu'elle peut venir.

*
* *

Depuis le toit d'un immeuble voisin, Narjess observe le trio s'éloigner rapidement dans la nuit, alors que les gyrophares des premiers véhicules de police jettent des lueurs bleutées sur la rue voisine. *Ainsi, ils commencent à comprendre. Les choses vont devenir intéressantes. En tout cas, cet Éric m'impressionne. Il s'est bien battu.*

Mais alors qu'elle s'apprête à les suivre, elle se fige. Narjess a distingué un autre mouvement. Là-bas, dissimulée à l'ombre d'un immeuble, une autre forme sombre semble aussi les avoir pris en filature. Une forme trop rapide et trop discrète pour être humaine ; mais aussi trop maladroite pour être de sa race. *Un nouveau-né ! Luigi ! Celui-ci porte ta marque. Que trames-tu dans mon dos ?*

Chapitre XXXI
À l'hôtel de police

Régis Gauthier repose son stylo sur son bureau et se lève de sa chaise. Il a devant lui le « Rapport sur les méthodes de la police technique et scientifique » d'Élisa sur le meurtre de Louise Malenne et Kevin Bréhaut. Mais ça n'est pas au vieux singe qu'on apprend à faire la grimace, et le capitaine a appelé l'école de police. *Elle m'a entourloupé, la petite. Ils ne lui ont jamais demandé un tel rapport.* Il attrape les quelques pages qui synthétisent rapidement les premières constatations de l'enquête et les feuillette une nouvelle fois.

Tout ça, c'est bidon. La gamine est horripilante mais je dois reconnaître qu'elle est douée. Elle est capable de mieux que ça. Ce torchon n'est qu'un écran de fumée... Décidé à en savoir plus, il décroche son téléphone :

— Anita Jermine, répond la médecin légiste.

— Capitaine Gauthier à l'appareil, vous allez bien ?

— À part que nous sommes en fin de soirée et que j'étais sur le point de rentrer, ça peut aller. Que me vaut le plaisir de cet appel ?

Le capitaine et la médecin se connaissent depuis de nombreuses années ; ils entretiennent des rapports cordiaux. Régis Gauthier aurait souhaité « plus si affinités » mais il n'a jamais pu franchir la barrière que Jermine a créée entre elle et les vivants.

— Le double meurtre de Louise Malenne et Kevin Bréhaut. Le lieutenant Alvarez vous a-t-elle contactée à ce sujet récemment ?

Anita Jermine marque une pause au téléphone, avant de répondre.

— Oui, et ça m'a surprise. Vous n'avez pas été déchargés de l'enquête ?

— Si, si, répond Gauthier. Son appel se faisait dans le cadre d'un rapport de stage pour sa formation. Je le corrige et cherche à croiser les infos. Que vous a-t-elle demandé ?

— Des questions sur l'autopsie.

— Et alors ?

— Et alors, rien. La Crim' a repris l'enquête. Ils voulaient que l'autopsie soit réalisée par leur médecin légiste. On m'a retiré le corps. Elle avait l'air déçue...

— Très bien, merci, conclut-il avant de raccrocher.

Ça se confirme. Il compose un nouveau numéro... interne.

— Brigadier Leroux, vous pouvez venir me voir dans mon bureau, s'il vous plaît ?

Quelques instants plus tard, le brigadier se tient sur le pas de la porte. Arnaud Leroux est jeune et pourtant déjà légèrement boudiné dans son uniforme. Quelques rares cheveux noirs et courts ornent son front dégarni, rehaussé par une paire de lunettes. *Il faudra que je pense à vérifier ses tests d'aptitude physique prochainement. Il y a du laisser-aller.*

— Entrez, et asseyez-vous, dit-il en lui montrant une chaise.

Le jeune policier s'assoit, interrogatif.

— J'ai cru voir que vous aviez de bonnes relations avec le lieutenant Alvarez ? demande le capitaine.

Arnaud Leroux le regarde, intrigué.

— Euh oui. Enfin, je ne vois pas le rapport...

Régis Gauthier fixe son collaborateur droit dans les yeux. Son regard sombre est réputé auprès de ses collègues pour son effet déstabilisateur. Il compte bien en jouer.

— Le lieutenant Alvarez m'inquiète. Vous n'avez rien remarqué d'anormal ?

— Euh, non... À quoi faites-vous allusion ?

— J'ai peur que le récent double meurtre ne lui soit monté à la tête. Nous avons été dessaisis de l'enquête, vous vous souvenez ?

— Oui, très bien. Tout le commissariat n'a parlé que de ça pendant trois jours, ce type qui débarque en pleine réunion pour nous piquer les dossiers sous le nez...

— Et comment a réagi le lieutenant Alvarez ?

— Elle était furax, ça c'est clair. Elle est du quartier vous savez. Je crois qu'elle s'est sentie blessée.

— Au point de vouloir en faire une affaire personnelle ? demande insidieusement Gauthier.

Le brigadier, sentant poindre le danger pour son amie, lève les bras en l'air en signe de dénégation.

— Je n'ai pas dit ça, capitaine.

— Merci, vous pouvez disposer.

Le capitaine reste pensif quelques instants après le départ du jeune policier. Son instinct lui dit qu'Élisa lui cache quelque chose. Mais quoi ? *Il n'y a qu'un moyen de le savoir*. Il saisit son trousseau de clefs et se lève.

En approchant du bureau d'Élisa, il entend des bruits, comme des tiroirs qu'on ouvre et referme violemment et une liasse de papiers qui tombe. *Étrange, Alvarez est sortie et la lumière est éteinte*. Au moment où il introduit son passe-partout dans la serrure, il se rappelle que son arme de service est restée dans son manteau... à une dizaine de mètres de là.

Chapitre XXXII
Lutte à mort • 1

— Que fais-tu ? demande Éric.

— Je commandais des pizzas, lui répond Christophe. La soirée promet d'être longue… autant évacuer d'emblée les questions logistiques, non ?

Il repose son téléphone. Le trajet jusqu'à son domicile, un petit pavillon hérité de ses parents, s'est fait en silence. Chacun ruminait toutes ces questions qui ne trouvent pas de réponses. Élisa et Éric sont maintenant assis dans son salon, chacun à un bout du canapé mais dans une pose étrangement similaire. Les pieds serrés, les bras croisés, légèrement repliés sur eux-mêmes : une attitude qui dénote leur anxiété.

Pour ne pas se perdre dans des hypothèses absconses, Éric décide d'observer les lieux. De l'extérieur, il n'a eu le temps de voir que des murs en meulière et un petit jardin peu entretenu où prospèrent herbes folles et arbres mal taillés. L'intérieur est plus ordonné, même s'il n'en a vu que le hall d'entrée et le salon. Un vieil escalier en bois monte à l'étage – c'est par là que Christophe est parti se changer.

Dans le salon, il n'y a pas de meuble télé mais une grande bibliothèque au contenu bigarré, et un poêle à bois résolument moderne. Le regard d'Éric est attiré par une collection de livres aux couvertures vertes, striées de noir. Des livres anciens. Il lit à voix haute : « Lénine, Œuvres complètes » Un peu plus bas, changement de style radical : Anne Rice côtoie Bram Stoker et d'autres classiques de la littérature fantastique. Sur l'étagère d'à côté, les romans font place aux livres ésotériques : une réédition des prophéties de Nostradamus, un livre sur le pouvoir des pierres, un autre sur la symbolique alchimique… « *Quel personnage étrange* », conclut Éric, au moment où Christophe redescend.

Celui-ci s'est changé, il porte une chemise propre, et dans la main le t-shirt qu'il avait plus tôt dans la soirée, maculé de sang. Éric et Élisa tournent les yeux vers lui. Ils sont silencieux, interrogatifs.

Par où commencer ? Comment expliquer l'inexplicable ? Comment dire à quelqu'un qu'il doit renoncer à tout ce qu'il tient pour vrai et réel... Moi-même, qui ai toujours voulu y croire, mis au pied du mur, je n'y parviens qu'à peine. Christophe inspire profondément et se dit : « *Sois franc et direct !* »

Il déplie son t-shirt, une déchirure y apparaît nettement, auréolée de traces rouge sombre.

— Ce soir, j'ai pris un coup de couteau dans le ventre. Le sang sur ce vêtement, c'est le mien. J'ai senti la morsure de la lame dans ma chair, je peux en attester. Vous pouvez ne pas me croire mais ce t-shirt est une preuve indéniable.

Christophe marque une pause. Il déboutonne sa chemise, révélant un ventre légèrement poilu, un peu grassouillet mais immaculé. Pas de plaie, pas même une cicatrice.

— Je devrais être aux urgences, entre la vie et la mort. Mais je n'ai rien. Ceci aussi est incontestable.

— C'est impossible… murmure Élisa, horrifiée.

— Comment l'expliques-tu ? demande Éric qui cherche encore à se raccrocher au monde rationnel.

— Je n'ai aucune certitude, seulement des hypothèses. Ce soir, avant de partir du labo, j'ai bu une fiole du sang sur lequel nous travaillons. Je pense que c'est cela qui m'a soigné.

Éric tente une ultime fois de nier l'évidence...

— Ce sang, je l'ai étudié pendant des semaines avec toi. C'est une chose étrange mais qui ne peut pas avoir ce genre de propriété. La science est incapable d'expliquer un tel phénomène ! Tu le sais aussi bien que moi.

Éric se tait, prenant conscience du sens de ses mots.

— Et pourtant, reprend Christophe, tu as vu comme moi. Ce sang est celui qui coule dans les veines de Narjess, une femme que nul n'a jamais vue à la lumière du soleil, ou boire ou manger, une femme qui n'a pas pris une ride depuis que je la connais.

— Vous êtes fous tous les deux ! crie Élisa, perdue. Ça ne peut pas être vrai...

Imperturbable, Christophe reprend :

— Une femme qui allait te mordre le cou quand je l'ai interrompue vendredi dernier.

Alors qu'Éric reste silencieux – assimilant ce que sous-entend Christophe – Élisa reprend la parole d'une voix détachée, tant elle ne parvient pas elle-même à admettre ce qu'elle est sur le point de dire.

— Louise Malenne, la première victime de la soirée flamenco. Elle est morte de plusieurs balles dans le ventre. Mais le légiste a aussi remarqué deux petites blessures au niveau de la carotide, comme une trace de morsure par des canines aiguisées. Kevin Bréhaut, l'autre victime. On lui avait enfoncé un objet pointu dans le cœur, son corps était momifié... On a cru à une mise en scène, à un serial killer qui s'inspirerait du mythe du... (Elle reprend son souffle. Finalement, c'est elle qui sera la première à le dire.) ... Du vampire !

Une fois de plus, un lourd silence s'installe. Sans un mot, Christophe ouvre un placard de sa bibliothèque. Il en sort une bouteille de vieux rhum. Dans le liquide ambré flottent une gousse de vanille, quelques litchis et deux rondelles de banane. Il pose trois verres sur la table et sert à chacun une bonne rasade. Il porte le verre à ses lèvres et avale cul sec. L'alcool se répand dans sa gorge et une douce chaleur l'envahit…

— Sauf que ce n'est pas un mythe, et encore moins un serial killer, conclut-il. Narjess est une créature surnaturelle et son sang dans mon corps a guéri ma blessure. Il n'y a pas d'autre explication plausible. Est-elle la seule ? Y en a-t-il d'autres ? Sans doute au moins son père, Théophraste.

— Luigi, le meurtrier de mes parents, dit amèrement Éric. Il n'a pas non plus vieilli depuis mes cinq ans.

Élisa médite de son côté. *Est-il possible que mes parents aient aussi été victimes d'un de ces monstres ? Le commandant Martel, il devait savoir quelque chose. Mais il a disparu… Comment faire maintenant ?*

Au même instant, la sonnette retentit, interrompant sa réflexion.

— Ça doit être le livreur de pizzas, dit Christophe, l'air absent.

Élisa se lève et va à la porte lui ouvrir.

— Bonjour, je peux entrer mademoiselle ? demande le livreur.

À l'oreille d'Éric, ces mots font douloureusement écho à d'autres paroles, plus anciennes : « *Je peux entrer, petit ?* » Comme dans ses cauchemars nocturnes, il revoit Maître Luigi lui demander son accord avant de pénétrer chez lui pour y semer la désolation. Éric se retourne vers la porte d'entrée et hurle :

— Nooooooooooooooooooooon !

Trop tard ! Élisa a déjà dit « oui ». Le *livreur de pizza* franchit le seuil de la maison. Il a été autorisé à entrer.

Chapitre XXXIII
Lutte à mort • 2

En entendant Éric crier, Élisa comprend – trop tard – son erreur. Ce qui est en face d'elle n'a rien d'un livreur, à l'exception du carton de pizza qui tombe au sol. De loin, on pourrait penser à un jeune homme des quartiers populaires : sweat à capuche, jean troué, baskets de marque. Mais elle sait désormais ce que signifient ce teint blafard et ces yeux étincelants. Elle en a la confirmation quand la créature lui sourit, révélant deux canines effilées.

Elle est pétrifiée d'effroi ; c'est un cauchemar.

D'une main, le vampire la saisit par le chemisier, la soulève et la projette sans effort contre l'escalier. Elle s'y écrase brutalement. Sans plus s'intéresser à elle, il pénètre dans le salon à la recherche d'une autre personne.

Éric reconnaît la créature qui lui a demandé son chemin quelques jours plus tôt. Le vampire est venu pour lui. Et cette fois, il ne s'agit pas d'une visite de courtoisie. Un instant, il se revoit enfant, terrorisé et impuissant, pendant que Maître Luigi massacre ses parents ; mais il a un déclic. *Plus jamais ça ! Je ne serai plus jamais victime de la peur, incapable de me défendre et de protéger ceux que j'aime...*

Il se lève, ferme le poing, pivote d'un quart de tour et se met en garde. Il relève la tête et défie le regard du vampire. Face à ce monstre des ténèbres, il n'a que ses mains nues – une arme dérisoire, il le sait bien. Pourtant, il lui fait face.

Son adversaire se précipite sur lui, les deux bras en avant, en une manœuvre rapide mais étrangement maladroite. Éric saisit l'occasion inespérée. De l'avant-bras, il dévie le mouvement de son agresseur qui passe à côté de lui. Dans un même geste, il lui fauche les jambes. La créature s'effondre à ses pieds. *Presque trop facile.* Par réflexe, il poursuit mécaniquement l'enchaînement qu'il a répété maintes et maintes fois mais qui est pensé pour un adversaire humain : il s'agenouille et abat son poing vers sa cible.

Avec une vitesse inhumaine, le vampire lève son bras et pare le coup. L'impact est violent ; il arrache un cri de douleur à Éric – comme s'il venait de frapper un mur de béton. Sa main est enserrée dans celle de son adversaire, prise dans un étau. Sans lâcher le poing d'Éric, le vampire se redresse et lui tord le bras, l'amenant à terre. Éric tente un coup de coude de son bras libre… sans effet.

Deux détonations résonnent alors, emplissant l'air. Éric, étourdi par la déflagration, sent que son agresseur a relâché son étreinte. Il roule en arrière pour se mettre hors de portée, se redresse et rouvre les yeux.

Depuis l'encadrement de la porte du hall d'entrée, Élisa tient en joue le vampire avec son arme de service. Le canon fume encore. Sauf que malgré les deux balles fichées dans le cœur, il tient debout. Il se retourne vers elle et ricane :

— Patience, femelle, ton tour viendra bien assez tôt. Laisse-moi commencer par celui-là, dit-il en désignant Éric du doigt.

Comment le vaincre ou simplement survivre ? Il ne craint pas plus les balles d'Élisa que mes poings… Éric recule, il voudrait fuir mais il est acculé, le dos au mur. Il y a bien une fenêtre, à deux mètres de lui, mais comment l'atteindre ? L'autre se rapproche, et rien ne semble pouvoir l'arrêter.

— Eh, ducon, attrape ça, crie alors Christophe à l'adresse du vampire en lui jetant un objet qu'Éric distingue mal.

Par réflexe, le monstre se retourne et réceptionne d'un geste rapide le livre. Aussitôt, il hurle de douleur tandis que des flammes s'élèvent de ses mains. Puis, en une seconde à peine, le vampire bondit hors de la pièce.

Éric s'assied par terre, soulagé. Élisa balaye encore toutes les sorties de son arme. Plus rien ne bouge. Éric regarde le livre qui a fait fuir son agresseur.

— Qu'est-ce que c'était ? Une bible ?

— Ce que j'avais sous la main et qui s'en rapproche le plus, répond Christophe.

Il a l'air aussi surpris que les autres par l'effet de sa manœuvre...

Élisa se penche et le ramasse. C'est un livre ancien avec une reliure en cuir. Le titre y est gravé à la peinture dorée : *Das Kapital* de Karl Marx et Friedrich Engels. Elle se tourne hébétée vers Christophe...

— Une édition originale avec une dédicace de Maurice Thorez. Pour mon grand-père, ce livre était aussi précieux que peut l'être une bible pour d'autres. Et pour notre agresseur aussi, semble-t-il.

— Où est-il passé, d'ailleurs ? demande Éric.

— Pas la moindre idée, murmure Élisa. Il a fui si vite que je ne l'ai même pas vu partir.

— Avec un peu de chance, nous en sommes débarrassés, espère Christophe.

C'est alors qu'ils entendent le parquet à l'étage grincer.

— Non, dit Éric. Il est encore là...

Ils se figent et se regardent sans la moindre idée de ce qu'ils devraient faire. Aucun d'entre eux ne semble particulièrement enthousiaste à l'idée de sortir de la maison et de traverser le jardin plongé dans l'obscurité avec un tel monstre sur leurs talons. Sauf que rester plantés là ne leur semble pas être une meilleure option...

*
* *

À quelques kilomètres de là, le téléphone d'Alexandre Miran sonne dans sa chambre d'hôtel. Il décroche.

— Chasseur ?

Une voix de femme, méprisante mais peut-être aussi teintée d'inquiétude. Un mix qui ne peut avoir qu'une seule signification : *c'est l'un d'eux...* Tous ses sens sont aux aguets.

Dans l'histoire de la Très Sainte Inquisition, c'est bien la première fois qu'un vampire prend contact avec le Chasseur, que ce soit par téléphone, par télégraphe ou même par pigeon voyageur.

— Que me voulez-vous ? demande-t-il, sur ses gardes.

— Votre frère est en grand danger, répond la voix, d'un ton froid dépourvu d'émotion. L'un des miens va le tuer cette nuit si personne n'intervient. Je ne peux m'y opposer directement ; nos lois l'interdisent. Vous êtes son unique espoir...

— Pourquoi vous croirai-je. ? Comment penser que ce n'est pas un piège ?

— C'est effectivement un risque à prendre. Faites le bon choix, en votre âme et conscience. Moi, je vous aurai averti.

Chapitre XXXIV
Lutte à mort • 3

Un nouveau grincement se fait entendre à l'étage. Christophe, Éric et Élisa échangent des regards peu rassurés. *Le vampire est toujours là. Il peut revenir à tout moment. Et cette fois-ci, nous n'aurons plus rien pour l'arrêter…*

— Et tes enfants ? demande Éric à Christophe, soudain pris d'une folle inquiétude.

— Chez leur mère, heureusement, répond celui-ci avec un soupir de soulagement.

— Comment lui échapper ? murmure Élisa.

— Il faut partir, fuir cette maison, et vite, répond Éric, à voix basse.

— Impossible, coupe Christophe, le jardin n'est pas éclairé. À l'abri des regards de la rue, nous y ferons des proies faciles…

— Ici aussi, constate Éric, amèrement.

Nouveau gémissement de bois, plus proche. Un autre et encore un autre… Quelqu'un, ou plutôt la chose, descend l'escalier à pas lent. *Vite, il faut trouver une solution !*

— Cachons-nous ! propose Élisa d'une voix tendue.

— Il ne fera pas jour avant des heures, lui répond Éric. Il a largement le temps de nous trouver. Nous devons l'affronter. Il n'y a pas d'autre solution. Mais comment ?

— Selon la légende, seul un pieu en bois dans le cœur peut tuer un vampire, déclare Christophe.

— Bien sûr, et tu as ça dans sa table de nuit ? rétorque Éric.

— Non, en effet... Mais dehors il y a quelques branches coupées qui feront peut-être l'affaire ?

Les grincements ont cessé, remplacés par le claquement sec d'une porte qui se referme, puis d'un verrou qu'on tire. *Nous sommes enfermés ! Non, il reste encore les fenêtres !*

Dans quelques secondes, le vampire sera sur eux mais il ne semble pas pressé. Pourquoi le serait-il ? Ses proies n'ont aucune échappatoire, aucune arme efficace. Il savoure ce moment, ce sentiment – nouveau – de toute puissance. Il veut le faire durer, il veut sentir leur peur, avant la mise à mort. Ses traits se tirent, ses veines asséchées crient leur soif de sang chaud.

Élisa est la première à réagir, elle se rue vers la porte du salon et la claque. *Cela ne suffira pas, il faut la barricader.* Elle empoigne à pleine main l'une des bibliothèques en bois massif et la tire vers la porte. Sauf qu'elle est chargée de livres et elle est bien trop lourde. Malgré tous ses efforts, elle ne bouge que de quelques centimètres à peine. Heureusement, Christophe et Éric réagissent rapidement et joignent leurs efforts aux siens. Ils tirent à leur tour. Ensemble, ils font basculer le meuble qui s'écroule avec fracas en obstruant le passage. Mais ils savent déjà que cette protection est bien dérisoire. Éric se tourne vers Christophe :

— Va chercher ce que tu trouveras... Un truc pointu en bois. Nous, on va faire ce qu'on peut pour le divertir. Fais vite...

Christophe hésite. Il a l'impression d'abandonner ses nouveaux amis... *Y a-t-il une autre solution pour éviter le pire ?* Il hoche la tête, fait demi-tour, ouvre une fenêtre et se glisse à l'extérieur.

Du coin de l'œil, il aperçoit la porte trembler dans ses gonds. Le vampire essaye de l'ouvrir ; Christophe n'a aucun doute, il va y parvenir. Ce n'est qu'une question de secondes, de minutes tout au plus. Et après, la mort conquerra la pièce.

Face à lui, au bout d'une allée sombre, faiblement éclairé par des lampes solaires, le portail de la maison lui tend les bras. Son salut s'y trouve. *Si je peux l'atteindre, peut-être que je pourrai m'échapper ?* Il chasse bien vite cette pensée. Il ne peut sauver sa propre vie au prix du massacre de deux autres innocents – qui plus est sous son toit. En se courbant pour rester hors de vue, il part vers le tas de bois, au fond du jardin.

Élisa et Éric regardent la porte, ce faible rempart entre eux et celui qui en veut à leur vie. Le vampire frappe un coup violent, le bois craque et cède en partie. Un poing le traverse, puis disparaît. Il donne un deuxième coup, arrache de nouvelles lattes de bois. Dans quelques secondes, il aura entièrement abattu l'obstacle.

Il faut nous cacher, vite. Éric cherche un abri du regard. Une porte donne vers la cuisine ; il s'y précipite. Élisa fait un choix différent et court en direction de la salle à manger. Derrière eux, la porte cède au moment où ils quittent la pièce.

La cuisine est petite, dans un style moderne : une série de meubles encastrés s'ajustant parfaitement. Difficile de s'y dissimuler. Heureusement pour Éric, une autre porte donne sur un petit débarras. Il s'y engouffre. Juste à temps. Alors qu'il referme la porte derrière lui, il entend les pas de son poursuivant qui pénètre à son tour dans la cuisine.

À pas de loup, Éric se faufile au fond de la pièce. C'est un capharnaüm, où se trouvent pêle-mêle l'aspirateur, une armoire chargée de conserves et des vieux cartons jamais déballés depuis l'emménagement. Il se dissimule derrière la tour que constituent lave-linge et sèche-linge empilés. Éric est plongé dans le noir, il s'astreint à rester immobile et retient sa respiration. Il sent son cœur battre à tout rompre et il craint que l'ouïe surnaturelle du vampire ne le perçoive aussi.

Soudain, un mince faisceau de lumière éclaire le sol devant lui. Quelqu'un a ouvert la porte du débarras. Un bruit de pas sur le carrelage, ça se rapproche. Encore un mètre et l'« autre » le verra. Dans la pénombre, il scrute tout autour de lui. La chance lui sourirait-elle ? À portée de bras un vieux balai en bois. Un pieu ? C'est en tout cas son seul espoir. Il referme la main dessus quand…

Un fracas de verre brisé se fait entendre depuis la salle à manger. Éric sent distinctement un souffle d'air quand le vampire fait demi-tour à une vitesse surnaturelle pour s'y précipiter. *Sauvé ! Oh mais Élisa ?*

Celle-ci est dissimulée sous la table du salon dont la nappe imposante tombe jusqu'au sol. Elle vient de projeter un vase de fleurs contre une vitre pour faire croire au vampire qu'elle est sortie dehors, espérant ainsi le détourner de la cuisine et d'Éric. La première partie de son plan a marché, le prédateur est là, il a surgi en un clin d'œil. À travers l'épais tissu de la nappe, elle devine l'ombre qui se penche à la fenêtre. Elle demeure silencieuse, immobile.

Plus loin, Christophe a enfin atteint la remise où il stocke le bois pour l'hiver. Frénétiquement, il fouille à la recherche d'une branche suffisamment solide et pointue. La nuit est sombre et le bruit des branches qui se frottent les unes contre les autres dissimule les pas qui s'approchent de lui.

Soudain, une main ferme s'abat devant sa bouche, tandis qu'un bras musclé l'immobilise. Il sent un souffle chaud à son oreille et une voix qui lui murmure calmement : « Chuuuut… »

CHAPITRE XXXV
Lutte à mort • 4

Toujours dissimulée sous la table, Élisa retient son souffle. Le vampire est à la fenêtre, elle l'entend distinctement humer l'air, tel un prédateur traquant sa proie. Y a-t-il encore une part d'humanité en lui ? Où est-elle seule face à un fauve ? Le vampire se retourne, elle l'entend traverser la pièce, puis revenir. Visiblement, il tourne, il fouille. Elle sursaute en entendant un meuble en bois s'écraser au sol, puis un bruit de vaisselle brisée. Elle devine que le vampire vient de renverser le vaisselier. Il cherche, il doit sentir sa présence dans la pièce. Elle a conscience de la précarité de sa cachette mais elle ne peut plus fuir, elle est prise au piège.

Un nouveau meuble tombe à la renverse, puis ce sont les rideaux qui sont arrachés. Les pas se rapprochent. Ils s'arrêtent juste devant la table. Pendant un instant, le temps est suspendu pour Élisa... *C'est comme ça que tout va se terminer, saignée à mort par une créature dont je ne soupçonnais même pas l'existence deux heures plus tôt ?* Le vampire empoigne le lourd meuble en chêne massif à deux mains et sans effort, il le soulève, découvrant Élisa.

Leurs regards se croisent : celui de la jeune policière effrayée et celui du prédateur assoiffé de sang. Élisa y lit clairement une envie de mort, un désir de violence et de souffrance. *Il n'y a plus rien d'humain en lui.*

Le vampire jette la table sur le côté, comme si elle ne pesait pas plus lourd qu'un carton. Élisa n'a qu'une fraction de seconde. De nouveau, elle brandit son arme et malgré la futilité de son geste, fait feu sur le vampire. L'impact de la balle à bout portant le stoppe dans son élan. Un deuxième coup le fait reculer d'un pas. Elle vide son chargeur sur lui. Sous la rafale, il recule comme un boxeur le ferait sous une avalanche de coups de poing. Il ne chute pas. Il semble à peine étourdi. Élisa n'a plus le choix, elle saisit sa chance, fait demi-tour et part en courant. Elle n'a pas fait trois mètres que le vampire a repris ses sens. D'un bond, il la rattrape, sa main glaciale s'abat sur son épaule tel un étau. Puis il la plaque contre le mur.

Élisa tente de se débattre mais elle est fermement maintenue contre la paroi. Ses poings frappent le ventre du monstre. De sa main libre, le vampire tire son chemisier, l'arrachant en partie et dévoilant sa gorge nue. Il approche son visage d'elle. Il ne respire pas mais elle sent une haleine fétide, venue d'outre-tombe. Elle discerne chacune des veines bleutées de son visage blafard, émacié par la soif. Le vampire plaque son corps gelé contre le sien, l'écrasant contre le mur. Elle étouffe, ne parvient plus à se débattre. Impuissante, elle voit le monstre ouvrir sa gueule, révélant ses canines effilées, prêtes à se planter dans son cou.

Mais au lieu de mordre, le vampire la libère brusquement et se jette en arrière. Élisa tombe à genoux, suffoque, essaye de reprendre son souffle. Au-dessus d'elle, elle entend un bruit de lutte confus. S'appuyant contre le mur, elle découvre Éric, armé d'un bâton de bois – un manche à balai plus exactement. Le vampire et lui tournent l'un autour de l'autre. Éric manie le balai comme une épée, tentant de viser le cœur du vampire. Mais celui-ci est plus rapide, il esquive, saisit le manche et le brise d'un coup sec sur son genou. Puis il se jette sur Éric. Ils roulent au sol, luttent dans un corps à corps inégal perdu d'avance.

Encore affaiblie, Élisa rampe en direction des morceaux de bois du manche à balai brisé. Seront-ils assez effilés pour pénétrer dans le corps du vampire ? C'est leur dernière chance.

— Au nom du Père, du Fils et du Saint-Esprit, recule devant la lumière de la Vraie Foi, créature des ténèbres.

Une voix inconnue résonne, grave et puissante. Élisa tente de lever les yeux mais elle est aussitôt aveuglée par une puissante lumière. *Une croix qui semble briller de mille feux.* Elle distingue mal celui qui tient le crucifix : une forme sombre, des cheveux clairs. *Un homme ?*

Le vampire réagit comme si la lumière le brûlait. Il bondit en arrière, tel un insecte affolé par une flamme. Il perd tous ses moyens, crache et siffle, son visage est déformé par la terreur. Élisa ne distingue qu'à peine le mouvement rapide qui frappe le vampire. Puis la lumière s'éteint, le calme revient.

Le vampire gît désormais au sol, inerte. Comme celui de Kevin Bréhaut quelques semaines plus tôt, son corps s'est presque instantanément momifié. Élisa a devant elle un nouveau cadavre vieux de quelques mois, un pieu planté dans le cœur. Ses orbites sont deux trous noirs, il ne reste que quelques lambeaux de chairs accrochés à son visage. Au-dessus de lui se tient un homme entièrement vêtu de noir, à l'exception d'un col romain d'une blancheur éclatante ; un prêtre très certainement. D'ailleurs, il tient dans la main un lourd crucifix en bois, et plus étrange encore, un pistolet-mitrailleur en bandoulière. *Exactement le type d'arme qui a tué Louise Malenne.* Derrière, Christophe Zalmer se tient sur le pas de la porte, observant la scène.

Mais le regard d'Élisa se porte sur Éric. Assis par terre, il fixe le nouvel arrivant et semble totalement sidéré. Si elle aussi a du mal à comprendre ce qui vient de se passer, elle comprend que c'est encore différent pour Éric.

Le prêtre se retourne vers lui et lui tend la main pour l'aider à se relever. Élisa remarque qu'il porte une lourde chevalière en or massif, rehaussée d'un rubis. Le genre de bijoux qui vaut une fortune.

— Dans quel pétrin t'es-tu encore fourré, p'tit frère ? demande le Chasseur d'un ton bourru et tendre à Éric.

— Alexandre ? C'est bien toi ? Que fais-tu là ?

— Ça n'est pas le fait le plus étrange de la soirée... Je crois que nous avons à parler.

Il se retourne vers Christophe et Élisa. Instinctivement, celle-ci remonte les restes de son chemisier arraché par le vampire sur sa poitrine découverte.

— Tu me présentes tes nouveaux amis ? demande Mgr Miran à Éric. Il me semble que l'heure est venue pour nous d'avoir une longue conversation, mon frère. Tu es en âge de savoir. En tout cas, les événements l'ont décidé pour toi. Mais pas avant un peu de nettoyage.

Chapitre XXXVI
Révélation • 1

Deux heures plus tard, Éric, Élisa et Christophe sont de nouveau dans le salon. Christophe a servi une nouvelle tournée de rhum mais pour une personne de plus... Le demi-frère d'Éric, Alexandre. La nuit est déjà bien entamée mais aucun d'eux n'a sommeil. Le Chasseur a les réponses à leurs questions, ils le savent.

En deux heures seulement, et avec le professionnalisme né de l'habitude, Alexandre Miran a enterré le cadavre du vampire au fond du jardin. Éric et Christophe ont remis autant d'ordre que possible dans la maison ravagée par la lutte. Élisa les a rejoints dans cette tâche, après s'être fait prêter une chemise par Christophe.

Ils sont maintenant assis en rang sur le canapé et font face à Mgr Miran. Celui-ci fait tourner l'alcool au fond de son verre, cherchant l'inspiration. La Révélation n'est jamais un moment facile... même quand on a déjà affronté la vérité de la plus violente des manières possibles.

— Ils sont réels. Leur existence est l'un des secrets les mieux gardés de l'Église catholique. Même au sein de la Congrégation pour la doctrine de la foi, héritière spirituelle de la défunte Inquisition, nous ne sommes que très peu à connaître la vérité. Et en dehors de la Congrégation, il n'y a que le Pape et une poignée de cardinaux à être dans la confidence.

— Et le commandant de police Luc Martel ? demande Élisa.

Alexandre soupire. Il le revoit, agonisant entre ses bras, vidé de son sang... Une victime de plus de cette guerre de l'ombre, cruelle et inégale.

— Nous avons quelques informateurs dans les forces de l'ordre de plusieurs pays. Luc était de ceux-là. Sa tâche était de me renseigner sur leurs activités, et le cas échéant, de s'assurer que la police reste à l'écart.

— Comme pour la mort de mon père, conclut tristement Élisa.

— Oui, lui répond Alexandre. Les forces de l'ordre ne sont pas taillées pour les affronter. C'est le rôle du Chasseur. Mon prédécesseur a hélas échoué à retrouver celui qui a commis ce crime, mais sachez que tout a été tenté.

Christophe se lève et contemple sa bibliothèque d'ouvrages ésotériques. Tant d'heures passées à lire, à émettre des hypothèses et des conjectures sur l'existence du surnaturel... Et voilà qu'un homme tranquillement assis dans son salon lui dit que tout est vrai ; et plus encore, que l'une des plus vieilles institutions au monde, l'Église catholique, est parfaitement au courant.

— Pourquoi entretenir ce mystère ? Pourquoi ne pas révéler au monde le danger que nous courons ? demande-t-il.

— Les vampires sont une espèce en voie de disparition ; et une espèce non protégée, lui répond Alexandre. Pourquoi affoler le public avec une vérité qui chamboulerait ses convictions ? Ma tâche est aujourd'hui d'en éteindre définitivement la lignée.

Alexandre avale une gorgée de son rhum pour dissimuler sa gêne. *Je ne leur dis pas tout. Non, même à toi, mon frère, il est des secrets que je ne peux trahir. Révéler en pleine lumière l'existence des vampires pourrait entraîner la pire catastrophe que l'humanité ait jamais connue.*

Éric rejoint Christophe et choisit un livre : *Entretien avec un vampire* d'Anne Rice.

— Alors, ce livre est vrai ? Les vampires existent ?

— C'est une fiction, comme Dracula et tant d'autres, lui répond Alexandre. Mais le mythe qui l'a inspiré a des racines bien réelles. Oui, il existe une race de prédateurs immortels qui se nourrissent de notre sang. Leur origine est inconnue, leur existence est cependant attestée depuis aussi loin que remontent les archives de l'Église. Mais contrairement à certaines légendes, tous ceux qu'ils tuent ne deviennent pas un monstre à leur tour. C'est un acte volontaire que celui d'engendrer un nouveau-né.

Que dois-je leur dire ? Que pendant les trois derniers siècles, aucun vampire n'a pu se reproduire ? Mais que depuis trois semaines que je suis en banlieue parisienne, et pour une raison incompréhensible, c'est le deuxième nouveau-né que je détruis ? Non, taisons cela.

— Une bonne partie de ce qui est écrit là – Alexandre désigne les ouvrages sur le thème du vampire – est vrai. Ils craignent la lumière et ne peuvent entrer dans une demeure sans y être invités. Certaines autres sont totalement absurdes et proviennent de l'imagination débridée d'auteurs en mal d'inspiration. Les vampires se reflètent parfaitement dans un miroir, par exemple…

— Et vous-même, vous êtes quoi exactement ? lui demande Élisa.

Alexandre sourit :

— Eux m'appellent le Chasseur. Je ne suis pourtant qu'un homme ordinaire, mais issu d'une longue lignée qui a voué sa vie à traquer ces immondes créatures au nom de l'Église catholique. Mais oui, les vampires craignent ceux qui ont la Vraie Foi. Vous avez pu voir l'effet que produit sur eux un crucifix lorsqu'il est porté par un homme de convictions.

Christophe se perd à son tour dans la contemplation des reflets ambrés de son verre de rhum. *Je n'ai pas rêvé lorsque j'ai affronté Narjess. Je l'ai repoussée par la seule force de ma volonté. Et* Das Kapital *a brûlé le vampire comme l'aurait fait la bible de ce curé.* Quelques vers d'une chanson de Renaud lui reviennent en mémoire *: « Est-ce que c'est ça, être coco / Ou être un vrai chrétien / Moi j'me fous de tous ces mots /Je veux être un vrai humain. »* Il garde ses réflexions pour lui.

Alexandre reprend la parole :

— Maintenant que je vous ai dit ce que vous aviez à savoir sur ces créatures, à mon tour de poser des questions. (Il se tourne vers Éric.) Petit frère, pourquoi l'une de ces créatures te protège-t-elle ? Je ne suis pas arrivé ici par hasard. C'est l'une d'elles qui m'a appelé. La connais-tu ? Que sais-tu d'elle ? Que te veut-elle ?

Chapitre XXXVII
Révélation • 2

Alexandre Miran résume rapidement l'appel qu'il a reçu : une femme immortelle qui l'informait du danger que couraient son frère et ses amis. Éric médite en silence : « *Narjess, ça ne peut être qu'elle. Mais pourquoi m'aurait-elle sauvée des crocs de l'un de ses congénères ? Quelle est la nature réelle de son* intérêt *pour ma personne ? Dois-je m'en réjouir ou m'en inquiéter ?* »

— Narjess, déclare Christophe devant le mutisme d'Éric.

Il se tourne vers Alexandre :

— C'est la *fille* du PDG de l'entreprise où Éric et moi-même travaillons. Ce qui laisse à penser que son père lui-même est…

Alexandre le coupe :

— Son nom est Théophraste ?

— Comment le sais-tu ? lui demande Éric de retour dans la conversation.

— Je vous le disais tout à l'heure, l'espèce des vampires est pratiquement éteinte. Ils sont moins d'une douzaine à être encore de ce monde, tous nés avant le XVIIIe siècle. Donc nos archives contiennent les noms et les éléments essentiels de la biographie de chacun d'eux.

— À qui avons-nous affaire ? demande alors Élisa – son instinct de policier reprenant le dessus.

— Théophraste est l'un des trois plus vieux vampires encore en vie. Il prétend avoir été un disciple de Sophocle, et je n'ai aucune raison de le remettre en doute.

Narjess est l'une de ses enfants, conçue à Grenade, dans les dernières heures avant la chute du royaume maure devant les armées espagnoles. Elle serait la fille aînée du dernier émir de Grenade. Alors comme ça, Théophraste a pris pour identité celle d'un PDG de laboratoire pharmaceutique ? Ça ne me surprend guère. Il a souvent fait des choses similaires par le passé. Il aurait ainsi été un des inspirateurs de Darwin avant qu'un Chasseur ne l'affronte et ne le mette en fuite. Cet héritage spirituel n'a pas aidé à l'acceptation de son livre *De l'origine des espèces* par l'Église catholique…

La déclaration d'Alexandre Miran jette un froid. C'est déjà une chose assez éprouvante que de devoir affronter une créature assoiffée de sang aux canines acérées. Mais Éric déglutit en pensant rétrospectivement à son unique rencontre avec le PDG de Goji. *J'ai passé mon entretien d'embauche avec une créature vieille de plus de deux mille ans, l'un des pères fondateurs de la botanique et surtout un prédateur assoiffé de sang… Ça fait froid dans le dos. Et que penser de Narjess ? Une princesse musulmane née il y a cinq siècles ? Et j'allais l'embrasser deux jours plus tôt, ou plutôt, elle allait me mordre jusqu'au sang…*

— Et Maître Luigi ? demande alors Élisa, revenant à son enquête.

Alexandre la regarde :

— Vous faites bien votre travail… Fils de gitan, il est devenu une créature des ténèbres autour de l'an mil. Il fait donc partie des vieux vampires. C'est aussi l'un des plus dangereux. Et il est ici. J'ai tenté de l'affronter il y a deux semaines mais il m'a échappé.

Élisa reste interdite devant cette réponse. *Louise Malenne est morte d'une rafale d'arme automatique dans le ventre, et Kevin Bréhaut d'un pieu planté dans le cœur.*

Serait-ce ce... Chasseur qui les aurait tués ? Qui est-il réellement, quelles sont ses véritables motivations ?

Mais Alexandre Miran se lasse de donner des explications. Il lui faut à son tour des réponses. Éric et Christophe lui révèlent donc la nature des recherches que leur a confiées Théophraste et comment ils ont découvert la nature de Narjess. Éric reste évasif sur ses relations avec elle ; les comprend-il lui-même ? À contrecœur, Élisa lui narre aussi son enquête, le lien entre Maître Luigi et Lionel Parme, ce qui semble beaucoup intéresser le Chasseur.

— Le vampire que nous avons tué était très certainement envoyé par Maître Luigi. J'ignore pourquoi, mais votre... Narjess m'a laissé entendre au téléphone qu'ils étaient en conflit. J'ai peur que tous les trois, vous ne soyez que les pions d'un affrontement qui nous dépasse tous.

— Je n'ai rien demandé de tout cela, moi ! déclare Christophe avec colère. Comment en sort-on ? Le Chasseur de vampire, c'est vous, pas moi ! Moi, je suis laborantin et syndicaliste. Et si j'aime le surnaturel, c'est dans les livres, pas au milieu de mon salon...

Les nerfs le lâchent, la soirée a été éprouvante. Alexandre se lève et lui tapote l'épaule.

— Je comprends bien. Je n'ai pas demandé à devenir Chasseur. Mais chez moi aussi, un monstre est venu une nuit pour tout ravager. Mon père est mort, ainsi que ma belle-mère. Et ma vie en a été bouleversée à jamais. Le chemin que j'ai pris, je ne l'aurais jamais emprunté autrement. Mais vous savez maintenant, il n'y a hélas pas de retour en arrière possible.

— Alors, que fait-on ? demande Élisa. Parce que je n'ai aucune envie de devenir nonne, poursuit-elle avec un brin d'ironie.

Alexandre regarde sa montre.

— Pour l'instant, allez vous reposer. La soirée fut éprouvante, vous n'êtes pas en état de réfléchir. Après une bonne nuit de sommeil, la clarté rassurante du jour vous fera le plus grand bien. Moi, je vais poursuivre mon enquête avec tous ces nouveaux éléments.

Sur le trottoir, devant la maison de Christophe Zalmer, Éric et Élisa regardent en silence Alexandre Miran enfourcher sa moto et s'éloigner. Ils se retrouvent seuls. Éric est perdu dans ses pensées : « *Alexandre, mon frère. Depuis toujours, tu sais qui a tué mes parents.* » Il reconsidère sa relation avec son frère de bien des manières. Il aurait voulu rester avec lui, mais une fois encore, il est parti sans tout dire. *Que me cache-t-il encore ?*

Élisa interrompt le cours de ses pensées.

— Tu me ramènes ?

Elle d'habitude si sûre d'elle semble hésitante. *Que suis-je en train de faire ? Et puis merde, être raisonnable, à quoi ça rime ? J'ai failli mourir ce soir, et je crois qu'on n'est plus tout à fait dans le cadre d'une relation « flic-indic ».* Elle poursuit donc :

— Je ne crois pas que je trouverai facilement le sommeil cette nuit alors ça te dit de partager mon insomnie ? Et je te promets mieux à boire qu'un café, cette fois.

Chapitre XXXVIII
Élisa

— Attends-moi là, je reviens dans cinq minutes.

Éric reste donc seul dans la pièce principale du modeste deux pièces d'Élisa, tandis qu'elle disparaît dans la chambre. Il en profite pour faire le tour du propriétaire – une étape toujours très instructive pour se faire une opinion sur les gens.

Au dernier étage de l'immeuble, dans des combles aménagés, l'appartement ne manque pas de cachet : deux poutres apparentes dans une pièce aux teintes modernes, des murs blancs à l'exception de celui contre lequel est adossé le canapé, légèrement grisé. L'unique pièce à vivre est composée d'une cuisine à l'américaine, d'un coin salle à manger, d'un canapé et d'une commode. Sommaire, la police ne paye visiblement pas très bien.

Éric sourit en admirant l'élément central de la cuisine, une machine à café à capsule dernier cri. Elle est posée sur le comptoir entre la cuisine et le reste de la pièce. Un unique tabouret de bar complète le tableau. Sur une étagère, il trouve plusieurs livres de recettes, écornés, visiblement utilisés. Le contenu du frigo n'est en revanche pas à la hauteur des attentes suscitées par ces livres, essentiellement composé de plats cuisinés...

Retour au salon où quelques périodiques sont étalés sur le canapé. Le buffet est chargé de bibelots et de souvenirs : photos d'Élisa en famille, poèmes encadrés, chats en porcelaine... Il croule aussi sous les affaires posées en vrac, factures non ouvertes, vide-poche débordant d'un bazar inutile...

— Alors, monsieur l'inspecteur, quelles sont vos premières constatations sur la scène de crime ? Que vous apprend-elle sur la victime ?

Éric se retourne pour découvrir Élisa dans l'encadrement de la porte, qui doit l'observer depuis quelque temps. Elle n'a pas l'air vexée et semble au contraire plutôt amusée. Elle s'est changée. Elle a troqué la chemise que lui avait prêtée Christophe contre un chemisier en soie noir et un jean bleu roi, nouveau également car il ne porte pas de traces de lutte. Il se prend à son jeu :

— L'occupante des lieux est visiblement une femme très active : bien qu'elle aime cuisiner, son frigo montre qu'elle n'en a pas le temps. Pas plus que d'ouvrir son courrier. Elle est aussi conservatrice, attachée au passé. Elle reçoit rarement, il n'y a qu'un tabouret de bar et juste un canapé. Et pendant son temps libre, elle doit préférer la lecture à la télévision. Mais pour en être sûr, il faudrait voir la chambre… termine-t-il, dans un sourire.

Élisa sourit :

— Ce serait un peu présomptueux à ce stade. Passons à l'interrogatoire…

Elle s'approche d'Éric. Il peut respirer son parfum, une senteur vanillée qui n'était pas là quelques minutes auparavant.

— Je t'offre un verre ? Pour moi, ça sera du corsé. Vodka-pomme, ça te va ?

Ils s'assoient côte à côte dans l'unique canapé, leurs verres à la main.

— On trinque à quoi ? demande Éric.

— À l'incertitude du lendemain et à nos avenirs professionnels bien mal barrés.

Le rire d'Élisa est amer.

— Pour ma première enquête, je suis servie : un meurtrier qui ne pourra jamais être conduit devant la justice. *(Et d'ailleurs, qui est le meurtrier... Maître Luigi ou ce Chasseur ?)* Et toi, qui as pour employeur un prédateur millénaire et qui as suscité l'intérêt de la fille du patron. Ou plutôt son appétit... Je ne suis pas sûre de t'envier.

— Oui, répond Éric. Après des mois de galère au chômage, je pensais avoir trouvé la sortie au bout du tunnel. Enfin un vrai job, stable, bien payé. Finie la précarité... Tu parles !

Éric avale sa boisson cul-sec, Élisa le suit. La chaleur au fond de leurs gorges leur fait un bien fou. Ils reposent leurs verres et restent silencieux. La nuit fut longue, ils ont déjà beaucoup parlé. Leurs regards se croisent et s'accrochent. Ils restent un long instant ainsi, à se fixer les yeux dans les yeux, sans échanger un mot.

Éric fait le premier pas. Il lève lentement sa main, esquisse une caresse sur la joue d'Élisa. Celle-ci penche légèrement la tête pour s'appuyer contre sa paume. Il sent la douceur de sa peau, la chaleur de son souffle. Leurs corps se rapprochent jusqu'à se toucher sur le canapé. Élisa se coule dans les bras d'Éric, s'appuie contre son torse. Il l'enlace et la serre dans ses bras.

Elle se love contre lui. Après une longue nuit d'épreuves, elle se ressource au contact de son corps ; elle y puise une sérénité perdue. Elle lève un bras et glisse sa main dans les cheveux d'Éric et les entortille entre ses doigts.

La main d'Éric quitte sa joue pour glisser jusqu'à sa hanche. Elle remonte lentement le long de son ventre et s'arrête un instant avant d'atteindre sa poitrine. Éric cherche de nouveau le regard d'Élisa et son accord. Elle murmure un « oui » à peine audible, tandis que la main d'Éric enserre son sein. Élisa soupire et tend ses lèvres vers celles d'Éric qui se penche vers elle.

« Biiiip, biiiip, biiiiip. » La sonnerie du téléphone d'Élisa retentit dans la pièce, au son d'une sirène de police. Guère original mais c'est la musique réglée pour un appel du commissariat. À cette heure tardive, ce ne peut être qu'une urgence. Précipitamment, Élisa se lève, laissant Éric en plan. D'une main, elle décroche le téléphone, tandis que de l'autre, elle reboutonne le haut de son chemisier.

— Élisa Alvarez, j'écoute.

Éric devine que quelque chose de grave s'est produit quand le visage d'Élisa devient blême.

— J'arrive tout de suite.

Elle se retourne vers Éric, la voix étouffée :

— Je suis désolée, il faut que j'y aille.

Chapitre XXXIX
Le légat du Pape

La matinée débute à peine quand Alexandre Miran franchit le seuil de l'église. Lui qui, en vingt ans de carrière à travers le monde au service de la Congrégation pour la doctrine de la foi a visité tant de lieux de culte, il éprouve une certaine émotion à revenir dans celui de sa jeunesse. C'est ici, après avoir découvert le meurtre de son père et de sa belle-mère, et la nature de leur meurtrier, qu'il est venu se réfugier. Le hasard, ou plutôt le destin, faisant curieusement les choses, c'est aussi l'église la plus proche du quartier où vivait Kevin Bréhaut avant d'être transformé en vampire par Maître Luigi.

Il se signe à l'entrée et avance entre les longues travées de bancs en bois. À cette heure, l'église est pratiquement vide. Il y règne un silence apaisant. Enveloppée dans un long manteau en fourrure noire, une femme âgée se recueille au premier rang. Elle est seule. Alexandre trouve un certain réconfort à se promener sous la lumière diffuse des vitraux, après les épreuves de la veille. Il s'arrête pour allumer un cierge.

— Puis-je faire quelque chose pour vous, mon père ? demande une voix derrière lui.

Alexandre sourit en en reconnaissant le timbre chaleureux. Il se retourne. En vingt ans, le prêtre de la paroisse de Choisy-le-Roi n'a pas beaucoup changé sous sa soutane noire. De taille moyenne, il a le front dégarni, les yeux marron. Des cernes creusés soulignent son âge avancé mais ils sont rehaussés par un sourire chaleureux :

— Alexandre ! C'est bien toi !

Le Père Jean ouvre grand les bras pour l'enlacer. Alexandre Miran lui rend bien volontiers une accolade peu protocolaire mais chargée d'émotion.

— Laisse-moi te regarder ! Comme tu as changé depuis que tu es entré dans les ordres. Tu es dans la force de l'âge, continue l'ecclésiastique. Quel bonheur de te revoir ! Que fais-tu ici ?

— Le plaisir de vous revoir est partagé, Père Jean !

Malgré le temps, et en dépit de son rang au sein du clergé catholique, la déférence d'Alexandre envers le Père Jean est restée intacte. Il fut celui qui lui donna la foi. Une grimace barre néanmoins fugitivement son visage. Il aurait aimé pouvoir s'asseoir, échanger des nouvelles, parler du passé. Hélas, il est en mission, il a à faire et le temps presse. Plus tard, peut-être... Il retrousse une de ses manches, dévoilant un anneau d'or rehaussé d'un rubis sur sa main. Le visage du Père Jean montre aussitôt une profonde surprise.

— Vous savez ce que signifie cet anneau ?

— Oui, balbutie le prêtre. Un anneau du légat. Son porteur est en mission au nom du Pape, et tous les hommes d'Église lui doivent assistance. Je n'aurais jamais pensé en voir un un jour. Comment est-ce possible ?

— Ce serait une trop longue histoire, et je n'en ai malheureusement pas le temps, répond Alexandre. Je suis au service de la Congrégation pour la doctrine de la foi. Je ne peux vous expliquer pourquoi mais je suis à la recherche d'informations sur le jeune Kevin Bréhaut. Il a disparu il y a plusieurs mois, la police a retrouvé son cadavre récemment.

— Oui, le coupe le prêtre. On en a beaucoup parlé à la paroisse. Un meurtre dans notre ville, ça a créé l'événement.

— Pourriez-vous me recommander auprès de personnes qui l'auraient connu ? J'aurais des questions à leur poser…

— Hélas, rares sont les jeunes à se rendre à l'Église. Il n'en faisait pas partie. Laisse-moi réfléchir…

Il se tait quelques instants et reprend :

— Marinette… C'est une de nos fidèles, le meurtre l'a particulièrement choquée. Elle en parle tout le temps. Elle habite dans la même cage d'escaliers que ce pauvre garçon.

*
* *

Deux heures plus tard, Alexandre monte les marches d'une tour HLM. Au deuxième étage, il s'arrête un instant devant une porte où sont déposés plusieurs bouquets de fleurs. C'est là qu'habitait Kevin Bréhaut. Il se signe et murmure une prière. Il hésite à entrer, à assurer la famille de sa compassion. Mais que peut-il leur dire ? Même si Kevin était techniquement mort quand il lui a planté un pieu dans le cœur, il ne pourrait s'empêcher de ressentir une certaine culpabilité face à ses proches. Et quel soulagement leur procurerait l'hommage d'un parfait inconnu ? Il monte donc au quatrième étage où il est attendu et sonne à la porte. Au bout de quelques instants, il entend une voix au loin :

— J'arrive !

Puis il perçoit des bruits des pas, le cliquetis d'un crochet qu'on soulève. La porte s'entrouvre, laissant apparaître le visage d'une femme d'une soixantaine d'années. Par-dessus ses lunettes cerclées d'or, de longs cheveux bruns épinglés en un chignon laissant s'échapper quelques mèches violettes. *Flashy !* Elle porte également un épais gilet en grosse laine de la même couleur et une robe droite et sombre.

— Vous êtes ?

— Le Père Jean a dû vous informer de ma visite. Je suis le Père Alexandre.

— Oui, tout à fait. Je vous ouvre.

La femme referme la porte pour mieux la rouvrir en grand.

— Bienvenue chez moi, mon père. J'ai préparé du thé. Vous en voulez ?

— Bien volontiers, répond Alexandre.

Alors que la femme le conduit dans son appartement, il fronce les sourcils. Il n'est pas du tout d'humeur à prendre le thé avec une commère qui connaît sans doute mille et un ragots sur le voisinage et meurt d'envie d'en faire part. Sauf que parmi ces rumeurs un indice pourrait se dissimuler, un indice qui lui permettrait de localiser Maître Luigi. *Il faut donc en passer par là...*

La femme le fait entrer dans un salon, dont la moitié du mur est occultée par un grand écran plat. La télé est allumée et diffuse un jeu. Elle ne prend pas le temps de l'éteindre... à peine si elle baisse le volume. *L'éteint-elle seulement au moment d'aller se coucher ?*

Pour le reste, le salon ressemble à un mausolée, tout à la gloire de son défunt mari. Il frissonne en découvrant l'urne funéraire qui trône au-dessus du vaisselier et est encadrée de nombreuses photos du couple, en noir et blanc. *Triste à mourir...* Il s'approche et fait mine de s'y intéresser – par politesse.

— Madame Morr...

— Appelez-moi Marinette, je vous en prie, mon père. Oui, c'est mon regretté époux. Il m'a quittée il y a dix ans. Mais je ne passe pas une journée sans lui adresser une prière. Il me regarde depuis là-haut, j'en suis sûre. Et je veux qu'il soit fier de moi.

Alexandre se tait. Sa vision de l'au-delà n'est pas la sienne mais il n'entre pas dans ses prérogatives de se lancer dans un cours de théologie avec les paroissiens d'un confrère.

— Toutes mes condoléances, répond-il seulement.

— Merci, je vous offre un thé ?

Alexandre s'assoit et accepte la proposition, accompagnée d'un petit gâteau, fade et beaucoup trop sec. Marinette le rejoint à la table du salon.

— Que puis-je pour vous ? demande-t-elle.

— Je voulais vous interroger au sujet du jeune Kevin Bréhaut.

— Ah, quel malheur ! Je le savais qu'il finirait mal, avec ses mauvaises fréquentations... De mon temps, les jeunes n'étaient pas comme ça !

Et la conversation s'engage. Marinette est intarissable sur tous les malheurs du quartier : les jeunes qui font du bruit le soir, le chien des voisins qui urine devant sa porte, la mairie qui ne nettoie pas assez les trottoirs...

Il en ressort que Kevin était un garçon ordinaire, sans plus de problèmes qu'un autre. À force de poser des questions, il finit néanmoins par apprendre qu'il fréquentait depuis quelques temps un homme mystérieux, souvent vêtu de couleurs sombres, avec une longue queue de cheval. *Maître Luigi, c'est sûr.* Mais depuis la disparition de Kevin, celui-ci n'a plus été revu dans le quartier. La police a bien essayé de l'identifier, sans succès.

Alexandre ressort de leur entretien le moral en berne. *Je ne tirerai aucune piste des gens du quartier. Maître Luigi sait trop bien couvrir ses traces. J'avais espéré qu'il ait trouvé un repaire dans les environs pour le localiser, mais non. Ce n'est pas ainsi que je le trouverai.*

Chapitre XL
Meurtre à domicile

Malgré l'heure matinale, le commissariat fourmille d'activité. Élisa arrive en même temps que le fourgon de la police scientifique. Ses collègues en descendent, déjà vêtus de leurs blouses blanches. Elle les salue d'un bref hochement de tête. Ce matin, personne n'est d'humeur à tenter une blague pour détendre l'atmosphère. En entrant dans le commissariat, l'agent de garde à l'accueil lui fait signe de monter : elle est attendue. Sans un mot, elle grimpe l'escalier qui mène à son bureau.

Ce n'est malheureusement pas un canular. La commissaire est là, bras croisés, interdite. Deux brigadiers échangent à voix basse et se décalent pour la laisser entrer. Anita, la médecin légiste, est déjà là, penchée sur le corps allongé sur le sol. L'identification, cette fois-ci, ne posera aucune difficulté. Toutes les personnes présentent peuvent attester de l'identité du défunt : le capitaine Régis Gauthier. Il gît au sol et son cou forme un angle peu naturel avec le reste de son corps.

Élisa avait beau s'y préparer, le voir mort est un choc brutal. Elle reste un long moment silencieuse, à accuser le coup. *Ce pourrait être moi. Non, ça aurait dû être moi, si j'avais été à mon bureau cette nuit.* Elle finit par laisser son professionnalisme prendre le dessus pour ne pas être submergée par les remords.

Elle inspecte rapidement la scène de crime ; en l'occurrence, son propre bureau. Il est dans le désordre le plus total, tiroirs renversés, dossiers étalés par terre… Tout atteste d'une fouille approfondie. *L'agresseur cherchait quelque chose dans mes affaires, mais quoi ?*

Anita Jermine lève la tête en direction d'Élisa. Ce soir, la médecin légiste porte mal ses quarante ans ; elle a les traits usés et sa tenue blanche ne fait que rehausser ses cernes.

— Le coup brisé, net et rapide. A priori, porté de dos. Il faut une grande force, une grande rapidité et une excellente coordination pour tuer quelqu'un ainsi. Et regarde ça...

Elle pointe de son doigt la base du cou de la victime ; le visage d'Élisa blêmit. Anita lui désigne deux petites marques rouges dont elle connaît désormais la signification.

— Les mêmes que sur Louise Malenne...

— Oui, je vois, répond Élisa, laconique.

Mais le commandant Luc Martel n'est plus là pour enterrer l'affaire. Il ne reste plus que moi... Élisa se sent dépassée.

— Une idée de ce que tout ceci peut signifier, lieutenant Alvarez ? demande la commissaire de police.

Élisa se relève pour se rapprocher de son interlocutrice. Myriam Duroc n'est guère plus âgée qu'elle, la trentaine à peine. Comme tous les jours, elle est vêtue d'une veste de costume et d'un pantalon droit strict. Une tenue peu pratique pour le terrain de l'avis d'Élisa. Mais, entrée dans le métier directement au poste de commissaire, Myriam Duroc ne sort que rarement avec ses équipes. Son rôle est de manager les hommes, de rédiger des notes et des synthèses, des tableaux et des camemberts. Mais il lui est difficile d'ignorer le meurtre d'un de ses hommes dans son propre commissariat. Elle jette néanmoins un regard chargé d'espoir vers Élisa, la suppliant de prendre en charge l'enquête. *Comme si j'avais plus d'expérience qu'elle dans ce genre de situation !*

Élisa fait néanmoins le tour de la pièce, essayant d'enregistrer tous les détails, comme on le lui a enseigné. Elle avait fermé la porte à clef en partant, la veille au soir. D'ailleurs, une clef est encore enfoncée dans la serrure. Elle identifie sans peine le trousseau de Régis Gauthier. *La question est : pourquoi est-il entré alors qu'il n'avait rien à y faire ?* Élisa fouille méthodiquement les tiroirs de sa table de travail – étalés au sol pour la plupart – et fait le point sur le contenu de son armoire. Sans grande surprise, elle constate qu'un seul dossier a disparu, celui sur les meurtres de Louise Malenne et Kevin Bréhaut. *Comment vais-je annoncer ça ?* Pour se donner un temps de réflexion, elle demande :

— Qui a découvert le corps ?

— Moi, répond le brigadier Arnaud Leroux, d'une voix chargée d'émotion. J'étais dans la salle de repos au bout du couloir quand j'ai entendu un bruit de lutte. J'ai aussitôt accouru pour trouver le capitaine... Dire que je discutais avec lui quelques minutes à peine avant...

Il s'interrompt, ayant encore du mal à accepter la réalité.

— Et son meurtrier, l'as-tu vu ? demande Élisa à son ami.

Les faits, concentre-toi sur les faits ! Si tu penses au reste, à ce que tout ceci implique, tu vas devenir folle... Le deuxième brigadier lui répond :

— Non. Personne n'a quitté le commissariat. J'étais de garde en bas, je l'aurais forcément vu descendre l'escalier. D'ailleurs, c'est difficile d'admettre que Jean ne l'a pas croisé. Il est arrivé quelques secondes après les faits, la salle de repos est juste à côté.

Le regard d'Élisa se pose sur la fenêtre, brisée.

— Il a dû partir par là.

— Impossible, rétorque la commissaire. On est au deuxième étage, aucun être humain ne peut sauter une pareille hauteur et s'en sortir indemne.

Un humain, non. Mais s'il n'est pas humain ? Élisa garde ses pensées pour elle. Mais Myriam Duroc attend ses conclusions et il ne faut jamais faire attendre son supérieur hiérarchique. *Que lui dire, sans trop en dévoiler ?*

Élisa se rapproche de la fenêtre. Il y a de nombreux éclats de verre à l'intérieur de la pièce. Elle se penche à l'extérieur et jette un œil. L'arrière du commissariat donne sur une petite pelouse entre deux barres d'immeubles et quelques locaux commerciaux. Presque toutes les lumières sont éteintes et les commerces fermés depuis longtemps. Ce serait un miracle si quelqu'un avait vu quelque chose. À moins que… Une demi-douzaine de jeunes ont leurs habitudes un peu plus loin, ils passent souvent une partie de la nuit à boire, à parler fort, à écouter de la musique, et fumer un joint occasionnellement. Mais non, ils ne sont plus là.

— La fenêtre a été fracturée depuis l'extérieur. Aussi improbable que ça puisse paraître, l'agresseur est entré et sans doute ressorti par là. À cette heure de la nuit, il n'y avait pas grand monde dehors, ça a pu passer inaperçu. Il voulait fouiller mes dossiers. Il me faudra regarder en détail pour déterminer ce qui a disparu. À première vue, je ne vois pas.

« *Je vois parfaitement mais il me faut du temps pour inventer un mensonge plausible* », corrige mentalement Élisa. Elle poursuit.

— Régis a dû entendre un bruit, la vitre qui se brise ou la fouille des dossiers. Il a cherché à entrer et son agresseur l'a… Enfin bref. Ensuite, il a dû repartir comme il était venu.

— Venez voir ça ! s'exclame Anita.

Penchée sur le capitaine Gauthier, elle déplie avec peine son poing rendu rigide par la mort. À l'intérieur, un morceau de papier déchiré. Élisa le reconnaît au premier coup d'œil : un morceau de l'affiche du concert de flamenco, le visage de Maître Luigi.

— Sans doute un ultime message du capitaine, murmure un des brigadiers. Il nous a désigné son assassin…

« *Et merde…* » soupire Élisa.

Chapitre XLI
Narjess • 1

Le carillon de la sonnette tire Éric de sa somnolence. Par la fenêtre, il constate que la nuit est déjà tombée. La journée se termine – une journée qu'il a passée allongé dans son canapé-lit. Il aurait pourtant dû aller travailler aux laboratoires Goji. Mais que reste-t-il de normal dans sa vie ? Il ne sait même pas pourquoi il a téléphoné pour dire qu'il était malade. Quel sens cela a-t-il de continuer à faire semblant ? Théophraste et Narjess savent sans doute qu'il a découvert leur secret ; un éventuel licenciement pour absence injustifiée est le cadet de ses soucis.

La sonnerie retentit une deuxième fois. Éric se retourne et tire la couverture sur son visage. Qui que soit son visiteur, il finira bien par se lasser. Il ne veut voir personne, il veut broyer du noir, se morfondre dans sa déprime. Tout s'emmêle dans sa tête, le combat de la veille pour sa propre vie, les révélations sur la mort de ses parents et sur le *métier* de son frère, la nuit avortée avec Élisa... L'abus et le mélange d'alcool ne l'aident pas à démêler ses sentiments. Tout concourt à lui faire voir la vie du mauvais côté. Il ne souhaite qu'une chose : rester allongé dans le canapé – le lit serait trop confortable – et ruminer son amertume de l'existence.

Mais désormais, on frappe à la porte. L'inconnu ne semble pas décidé à abandonner la partie. Résigné, Éric se lève et grogne un « j'arrive » en avançant d'un pas lourd et ensommeillé vers la porte. Il rajuste vaguement sa chemise dans son pantalon ; il ne s'est pas changé depuis la veille. Il atteint l'entrée avant d'avoir pu passer une main dans ses cheveux pour tenter d'y mettre un peu d'ordre. Le froid mordant du carrelage lui rappelle qu'il est pieds nus. Malgré sa tenue négligée, il ouvre sans prendre le temps de regarder par l'œilleton...

Éric dégrise d'un seul coup ! Son corps libère une violente décharge d'adrénaline tandis que son cœur bat à tout rompre. De peur ou... d'autre chose ? Dans l'encadrement de la porte se tient Narjess :

— Ai-je la permission d'entrer ? demande-t-elle.

Éric fait un pas en arrière mais elle ne bouge pas. Elle attend, immobile et le fixant de ses yeux sombres. Il la détaille, cherchant à déterminer s'il hallucine. Narjess est devant lui, vêtue d'un tailleur noir et d'un chemisier en soie blanche au léger décolleté. Elle porte un long pantalon noir moulant qui révèle la perfection de ses jambes et des bottes de cuir. L'apparition est bien trop précise pour ne pas être réelle.

Pris de peur, Éric recule jusqu'à s'adosser au mur derrière lui. Mais Narjess n'a pas esquissé un geste ; elle attend sa réponse. Il ferme les yeux, respire profondément et compte mentalement pour retrouver ses esprits. Elle est toujours là mais semble manifester une certaine impatience.

— Alors c'est vrai... déclare Éric du ton de la constatation plus que de la question. Vous ne pouvez entrer si je ne vous y autorise pas.

— Je n'ai pas l'habitude de demander si je peux faire autrement, répond Narjess d'un ton froid. Non, hélas, franchir ce seuil m'est impossible sans un mot de ta part.

— Et pourquoi le ferais-je ? N'alliez-vous pas me...

Éric hésite sur le mot. Le prononcer, c'est faire un pas de plus, un pas irréversible, vers l'acceptation d'une situation incroyable. Mais elle est bien là, devant lui. Il ne peut plus fermer les yeux.

— Vous alliez me mordre l'autre soir, si Christophe Zalmer n'était pas intervenu.

Narjess lui sourit dévoilant ses canines. Elle passe sa langue sur ses lèvres, suggestive.

— Oui. Je voulais te faire connaître l'Étreinte. Elle se termine souvent par la mort mais pas toujours. Tout dépend de moi. (Elle marque une pause.) Il y a quelque chose entre nous. Tu le sais. C'est pourquoi tu vas me laisser entrer.

La tentation est là. Son corps lui crie de la laisser entrer, lui hurle un étrange désir qu'il n'a jamais ressenti. Il veut s'offrir à elle, il veut… Il ne comprend même pas ce nouvel appétit mais il sait qu'elle seule peut l'assouvir. Mais sa raison domine encore. Il résiste.

— Non, ce n'est pas vrai. Vous n'êtes qu'un monstre assoiffé de sang, une créature de cauchemar.

— Vraiment ? lui répond Narjess. Alors pourquoi ai-je appelé ton frère pour qu'il te sauve la vie hier soir ?

Éric est désarçonné.

— Vous étiez là ?

— Oui, mais je ne pouvais rien faire. D'abord, parce que je n'avais pas été invitée à entrer, mais surtout parce qu'il est interdit à ceux de mon espèce de combattre leurs semblables. Du moins, directement.

— Pourquoi avoir prévenu Alexandre ?

— Je ne voulais pas que tu meures. Peu m'importe la petite fouineuse qui t'accompagne ou cet encombrant syndicaliste à qui mon père a donné une leçon… Ils ne sont pas toi.

— Je ne vous crois pas !

Narjess reste silencieuse ; elle juge Éric. Enfin, elle reprend la parole.

— Très bien. Tu as deux solutions. Soit tu me laisses entrer et je répondrai à tes questions, voire plus encore…

La phrase de Narjess reste suspendue dans les airs, comme une invitation. Puis elle reprend, d'un ton tranchant.

— Soit je repars d'ici et demain, tu recevras une lettre de licenciement des laboratoires Goji et tu n'entendras plus jamais parler de nous… De moi et de mon père, je veux dire. Car je doute que Maître Luigi te laisse tranquille. Je te conseillerais alors de partir vite et loin, très loin.

Éric reste un long moment à peser le pour et le contre. Mais Narjess poursuit :

— Si tu es du genre à fuir, je n'aurai aucun regret à te voir mourir des mains de Luigi. Je me serais trompée sur toi. Mais si tu es prêt à te battre, si tu trouves la force de lutter, alors tu seras digne de mon intérêt. Et je serai même prête à t'aider dans ce combat. Fais ton choix. Maintenant !

Éric déglutit lentement. Les mots se forment au fond de sa gorge. Il voudrait les retenir mais il ne le peut pas. Est-ce par attirance pour Narjess, pour la mériter ? Est-ce parce que depuis ses années d'orphelinat, il s'est juré de ne plus jamais être de ceux qui baissent la tête ? Est-ce parce que le sentiment qu'il rumine depuis le matin est sur le point d'éclore : réclamer justice ou plutôt vengeance pour la mort de ses parents ? Est-ce tout cela à la fois ? Toujours est-il que c'est d'une voix étonnamment ferme qu'il prononce les mots rituels :

— Je vous invite à entrer.

Chapitre XLII
Narjess • 2

Narjess franchit le seuil.

Elle pénètre dans l'appartement d'Éric. En dépit de son immortalité, les occasions sont rares pour elle d'entrer là où vivent les mortels car bien peu l'y invitent. Aussi observe-t-elle avec grand intérêt le lieu.

Le logement est l'exemple type du studio de célibataire. La télévision trône sur le plus grand mur de la pièce, face au canapé-lit dont les draps défaits traînent sur le sol. Sur la commode s'entassent des piles de vêtements, d'autres – sales ? – gisent par terre. La cuisine est dans le même état : la vaisselle s'entasse dans l'évier et une unique pomme très mûre semble bien seule dans la corbeille à fruits.

Le regard de Narjess se pose sur le frigo, décoré par les nombreuses photos de voyage d'Éric. Ici, machette à la main dans la jungle bolivienne, là partageant la coca avec un paysan sur les hauteurs de l'Altiplano. Sur une autre encore, il marche sur la ligne de crête d'un volcan islandais et plus loin il explore une cité troglodyte en Anatolie.

Narjess reste de longues minutes silencieuse à contempler ce diaporama. Elle ressent un pincement là où devrait battre son cœur. Jamais elle ne pourra contempler ces paysages ; il lui est interdit de voyager à la lumière du soleil. Enfin, elle se retourne vers Éric.

Celui-ci a profité de l'occasion pour finir de remettre de l'ordre dans sa tenue. L'apparence extérieure a-t-elle de l'importance quand on a eu la folie d'inviter une créature comme Narjess chez soi ? Éric l'ignore mais au moins il se sent un peu plus sûr de lui. Et pour faire face à sa visiteuse, il lui faut de l'assurance.

D'un pas énergique, Narjess s'approche de lui. Il reste immobile, stoïque et incertain de l'attitude à adopter : une partie de son être lui hurle de fuir avant qu'il ne soit trop tard ; une autre brûle d'un désir inconnu. Éric reste ainsi au milieu du gué, indécis. Narjess s'arrête, toute proche de lui. Comme quelques nuits plus tôt, leurs deux corps sont si proches qu'ils se frôlent. La prestance de Narjess envahit l'espace et l'enveloppe tout entier. Elle lève ses bras et prend la tête d'Éric entre ses deux mains froides, dures et polies comme du marbre. Elle approche son visage du sien, l'obligeant à croiser son regard.

Éric se perd dans ses yeux d'un bleu hypnotique. Il se sent attiré par ces deux puits qui semblent déboucher sur des abîmes de connaissances. Des yeux qui ont contemplé cinq siècles d'histoire humaine...

— Parle maintenant si tu as des questions. Après il sera trop tard, dit-elle.

J'aurais des milliers de questions... Qui était-elle avant ? Et tous ces moments qui n'existent que dans les livres d'histoire et dont elle a été le témoin, tant de mystères sur sa nature, sur l'existence de ce monde surnaturel que je commence à seulement à découvrir... Mais allons à l'essentiel !

— Maître Luigi, pourquoi veut-il ma mort ?

Narjess affiche une moue triste.

— Tu n'étais pas censé être important pour moi. Pour mon père, tu n'es qu'un pion à sacrifier sur l'autel de sa folle quête. Car c'est un tabou pour notre race que de chercher à percer le mystère de nos origines. Luigi veut l'en empêcher. Mais il lui est tout aussi interdit de nous affronter. Par contre, toi, tu es vulnérable...

Je ne suis qu'un jouet pour eux ! Éric voudrait arracher les mains de Narjess qui lui semblent désormais enserrer son visage comme un étau. Mais comme le papillon attiré par la flamme, il est fasciné par l'immortelle qui se tient devant lui. Il ne peut s'en détacher, quitte à s'y brûler. Alors, il pose de nouvelles questions.

— Le vampire qui m'a attaqué était jeune. Pourtant d'après mon frère, votre espèce ne peut plus se reproduire...

À la surprise d'Éric, Narjess le lâche. Elle se retourne et va se planter devant la baie vitrée. Le regard d'Éric se dirige un instant vers la porte. La raison lui commande de profiter de l'occasion pour fuir. Il reste néanmoins. Au loin, la Seine coule sereinement, les lumières nocturnes de la ville se reflètent dans ses eaux couleur encre. Une péniche glisse paresseusement. La vampire observe la scène. Il n'est pas dans sa nature de révéler ses faiblesses ; elle cherche ses mots et ne veut pas dévoiler ses sentiments...

— Le XVIIIe siècle fut une dure période pour nous. Ces trois derniers siècles, nous avons été l'ombre de ce que nous fûmes auparavant. Nous ne pouvions plus engendrer... Mais depuis que ce nouveau millénaire a sonné, je sens mes forces revenir. Il ne fait plus aucun doute que les plus anciens de notre race peuvent maintenant créer des nouveau-nés.

Éric reste interdit. Que cela signifie-t-il ? Chaque question découvre d'autres mystères. Et quels sont les *pouvoirs* de ces créatures de la nuit ? Mais déjà Narjess revient vers lui.

— Mais même Luigi a des limites. Il a créé deux enfants... tous deux exécutés par le Chasseur. Je doute qu'il y en ait d'autres. Il est seul désormais. Avec l'aide de ton frère, vous devriez pouvoir le vaincre. Il va se mettre à ta poursuite. À toi de le frapper le premier. Et pour t'y aider, j'ai un don à te faire…

Narjess se tait. De nouveau, elle prend la tête d'Éric entre ses mains tandis qu'elle le serre contre elle. Leurs deux corps ne se frôlent plus, ils sont collés l'un à l'autre. Les jambes de Narjess s'enroulent autour des siennes, sa poitrine se plaque contre son torse, deux seins durs comme la pierre. Un sentiment de panique envahit brusquement Éric. Il tente de se débattre mais Narjess le maintient immobilisé :

— Chuuut, murmure-telle. Tout va bien se passer…

Chapitre XLIII
Narjess • 3

Un grand calme envahit Éric alors qu'il se laisse aller à contempler l'infini qui se reflète au fond des yeux de Narjess. C'est avec détachement qu'il la voit retrousser ses lèvres, et plonger ses canines dans son cou. Il ressent une piqûre. Et ensuite...

Le visage de Narjess est enfoui dans le creux de sa nuque. Éric sent son sang s'écouler lentement de son propre corps, aspiré par la vampire. Mais ce n'est pas douloureux... au contraire. Un sentiment d'extase et d'euphorie l'envahit. Il se sent apaisé, calme comme il ne l'a jamais été. Un court instant, il perd la conscience du monde qui l'entoure, il se sent flotter dans un océan noir et doux. Au loin, il perçoit une lueur blanche. Mais cela ne dure qu'un bref instant.

Narjess ralentit le rythme de sa succion et Éric revient au réel. Il sent distinctement les battements de leurs cœurs à l'unisson ; son sang qui irrigue les veines desséchées et ranime les chairs mortes du vampire. Le visage d'albâtre de Narjess prend peu à peu des couleurs, ses mains perdent leur consistance de marbre poli pour prendre celle de la soie. Ses deux seins s'écrasent mollement sur son torse, tandis qu'une douce chaleur émane de son corps.

— Le froid, c'est le plus dur à supporter, lui murmure-t-elle à l'oreille, alors qu'elle cesse de boire. Réchauffe-moi.

Elle glisse une de ses mains vers sa chemise. Elle l'empoigne et l'arrache d'un coup sec. Le geste sort Éric de sa léthargie. Il est pris d'une étrange fièvre. Ses propres doigts glissent sous le chemisier de Narjess, frôlant sa peau, douce et chaude. Il commence à en défaire les boutons et dénude à son tour sa poitrine. Narjess se love contre lui. Ils s'enlacent ; leurs deux corps se soudent...

Que suis-je en train de faire ? Il ne parvient pas à réaliser ce qui vient de se passer. Irriguée par son sang, Narjess semble transfigurée. Elle n'est plus froide et hautaine, elle a perdu son apparence de statue animée. Elle est devenue douce et terriblement féminine, si humaine qu'il en oublie sa véritable nature. Ses mains glissent du dos de Narjess vers le bas de son ventre, cherchant la fermeture du pantalon.

Elle l'arrête d'un geste.

— Non... J'ai mieux à offrir que ce qu'une femme mortelle est capable de donner.

Narjess lève alors son poignet droit à la hauteur de son visage et le mord. Lorsqu'elle tend sa main vers Éric, deux petites gouttes de sang y perlent.

En d'autres circonstances, ça lui aurait fait horreur. Mais Éric est pris de folie. Il comprend enfin la nature du désir qui le taraude depuis que Narjess est apparue devant sa porte. Non pas lui offrir *son sang* mais communier et échanger *leurs sangs*. Il la désire... et c'est le meilleur moyen d'assouvir son envie.

Éric s'empare avidement du poignet de Narjess et le porte à ses propres lèvres. Il aspire le sang qui s'en écoule. Jamais nectar ne lui a paru aussi bon. Les sensations qu'il éprouve vont même au-delà. Elles dépassent en intensité les plaisirs charnels humains. Alors que le liquide s'écoule dans son corps, il se sent lui-même transformé. Une énergie nouvelle. Chacun de ses sens est exalté. Il perçoit avec une acuité nouvelle chaque pore de la peau de son amante et la moindre senteur qui compose son parfum. Il pourrait soulever le monde à mains nues.

Il oublie tout. Les sons qui lui parviennent pourtant distinctement de la rue, la lumière criarde du néon. Il ne reste que la sensation du sang de Narjess qu'il aspire et les battements de leurs deux cœurs, parfaitement accordés.

Puis, il sombre dans l'inconscience...

Narjess reste un long moment blottie contre le corps endormi d'Éric. Elle aspire la chaleur qui en émane. Les vampires ne peuvent produire leur propre chaleur mais ils ressentent le froid. Aussi reste-t-elle nichée dans les bras de l'homme endormi. Les heures passent, elle ne bouge pas, et se perd dans l'écoute de la douce respiration de son compagnon.

Mais arrive le moment tant redouté où sa vision aiguisée perçoit les prémices d'une aube naissante. Il lui faut rentrer sans tarder, retrouver la froide sécurité de son cercueil, ou courir le risque d'être prise au piège. Elle se relève et se rhabille sans un bruit.

Sur le pas de la porte, elle tourne une dernière fois son regard vers Éric, toujours immobile. Elle n'a pris qu'une petite portion de son sang, il s'en remettra vite. *Mais pourquoi je m'inquiète pour lui ? Jamais mortel ne m'avait fait cet effet. Et son sang... Le désir qu'il avait pour moi lui a donné un goût unique. Et ce n'est qu'un début. Du moins, c'est ce que disent nos légendes...*

Elle s'éclipse dans la nuit.

Chapitre XLIV
Conseil de guerre

Éric et Élisa sont assis face à face ; ils se regardent en chiens de faïence... Élisa se perd dans la contemplation de sa tasse de café fumante ; les yeux d'Éric sont dans le vague. *J'allais l'embrasser quand son téléphone a sonné. Mais depuis Narjess est venue. Mais Narjess est une folie, un monstre. Elle est les ténèbres, Élisa est la lumière.* Il regarde Élisa. Dans ses veines, le sang de Narjess ne s'est pas encore dilué. Même à cette distance, il perçoit distinctement l'odeur enivrante de son parfum, il devine les infimes mouvements de sa poitrine à chaque respiration, il perçoit chaque nuance du teint de son visage...

— Éric ? Tu en penses quoi ?

La question de son frère le ramène au moment présent. Ils sont de nouveau réunis chez Christophe Zalmer ; Éric, Élisa, Alexandre et bien sûr Christophe. Ils ont des décisions à prendre. *Narjess a été claire. Maître Luigi veut notre mort ; et il l'aura si nous ne frappons pas les premiers.* La bibliothèque de Christophe a été remise en ordre. Le poêle à bois diffuse une chaleur apaisante, et surtout, la lumière du jour inonde la pièce à travers les rideaux grands ouverts. Ils sont là, tous les quatre ; assis en rond autour de la table basse du salon où Christophe a préparé une collation sommaire : thé, café et gâteaux secs. Mais aucun n'est d'humeur à profiter des arts de la table.

— Excuse-moi, j'étais ailleurs, répond Éric. Tu disais ?

Alexandre pousse un soupir d'agacement et recommence :

— Maître Luigi veut vous tuer, toi, Christophe et sans doute aussi Élisa... comme le laisse penser sa visite au commissariat. Je cherche son repaire depuis plus de trois semaines maintenant... Sans succès. En pratiquement mille ans d'existence, il a appris à rester dans l'ombre. Que faire ?

Éric reste pensif. Il sent le regard d'Élisa braqué sur lui. Aussi il pèse chacun de ses mots :

— Narjess... Je l'ai revue.

Autour de la table, chacun y va de son exclamation.

— Ça ne me dit rien qui vaille, grommelle Alexandre, assis bien droit sur sa chaise. (Le Chasseur n'aime guère se laisser aller au confort d'un canapé quand il faut se préparer à la bataille.) Même si elle m'a appelé pour te sauver la vie, elle reste l'une des leurs, un prédateur sanguinaire et sans pitié.

— Sans doute, lui répond Éric, d'un ton hésitant.

Il ne peut s'empêcher de repenser à Narjess penchée sur sa gorge ouverte, buvant son sang. Et la suite... Il rougit alors qu'Élisa ne le lâche pas des yeux.

Pour se donner une contenance, Élisa lève sa tasse à deux mains et en avale une gorgée brûlante. *Que s'est-il passé entre eux ? Je vois bien qu'il est mal à l'aise vis-à-vis de moi. Et ce n'est pas seulement parce que nous avons été interrompus... Et moi-même, d'ailleurs, où en suis-je ? Suis-je vraiment attirée par lui ou était-ce juste par besoin de réconfort ?*

— Je suis toujours en vie. C'est l'essentiel, poursuit Éric. D'après Narjess, Maître Luigi est seul désormais. Il n'a plus de nouveau-né pour accomplir ses basses besognes. La prochaine fois qu'il voudra frapper, il viendra en personne.

— Ça n'est pas pour me rassurer, lui répond Christophe, calé contre le poêle à bois dans l'espoir futile de vaincre un froid intérieur qui n'a rien de physique.

Éric se retourne vers lui.

— C'est peut-être aussi notre chance si nous savons la saisir.

— Je sens que ça ne va pas me plaire, murmure Alexandre.

Élisa acquiesce. Elle a compris où il veut en venir. Elle n'aime pas ça. Les archives de la police regorgent de cas similaires – sauf pour la qualité surnaturelle du tueur – et cela finit rarement bien.

— Éric, tu ne serais pas en train de proposer que nous servions d'appâts pour l'attirer dans un piège ?

— Si…, répond-il. Ça ne m'emballe pas vraiment. Donc si quelqu'un a une meilleure idée ?

— Non ! tonne le Chasseur en se levant brusquement. Je refuse de te laisser courir un tel risque ! Hors de question ! Nous trouverons une autre solution.

Alexandre Miran est parcouru d'un frisson. Il revoit le corps de Louise Malenne étendu à ses pieds, son sang s'écoulant de la blessure causée par sa propre arme. Voilà ce qui arrive lorsqu'un innocent se trouve entre le Chasseur et un vampire…

Élisa prend la parole à son tour.

— Je ne sais pas si cette information est utile. Mais… Maître Luigi ne s'intéressait pas uniquement à vos recherches. Lionel Parme avait dissimulé chez ses parents un dossier, un compte-rendu de recherches sur une herbe rare appelée aconit. Je pense que c'est ce que cherchait Maître Luigi lorsqu'il est venu cambrioler mon bureau…

— L'aconit ! s'exclame Christophe. Oui, c'est peut-être une piste. D'après les légendes indiennes, cette herbe repousserait les démons de la nuit. Serait-ce les vampires ? Si cette plante possède des propriétés pour les combattre, nous aurions là une arme secrète qui pourrait faire la différence.

— C'est ça la solution ! crie Éric soudain plus enthousiaste. Si nous parvenons à nous procurer un peu de cet aconit alors nous pourrons l'utiliser pour attirer Maître Luigi. Nous pourrions lui proposer un rendez-vous pour la lui vendre ; et ainsi choisir notre lieu et notre heure pour l'affronter.

— Oui, ça pourrait marcher, se surprend à dire Alexandre. Pourquoi pas. Mais comment se procure-t-on cette plante ?

— Ça ne sera pas facile, dit Christophe. Sauf à entreprendre un long voyage dans des vallées reculées de l'Argentine ou du Chili, les seuls plants en France sont dans une unité de recherche sécurisée des laboratoires Goji. Personne n'y rentre sans autorisation…

Chacun médite en silence. Élisa est la première à prendre la parole :

— Les laboratoires Goji ne sont pas non plus une forteresse imprenable. Peut-être qu'en s'y préparant bien, une visite nocturne…

— Non, tranche Alexandre. Il est possible que ce lieu soit également le repaire de Narjess et Théophraste. Celui qui s'aventurerait dans la demeure d'un vampire à la nuit tombée serait un fou. Non, si nous devons faire quelque chose, ce ne peut être que de jour.

— J'ai peut-être une idée, dit Christophe. Nous aurons besoin d'un peu d'aide, mais ça pourrait marcher…

Chapitre XLV
Vol au grand jour • 1

Avant de quitter ses nouveaux compagnons, Christophe leur donne une brève accolade. Il éprouve un peu de peine à partir. Pendant quelques heures, il sera isolé. C'est leur plan qui l'exige mais il n'aura aucun moyen de savoir si les autres ont réussi ou échoué...

Le cœur lourd, il laisse donc Éric, Élisa et Alexandre à l'arrêt de bus, pour rejoindre la vingtaine de militants du syndicat qui l'attendent, un croisement de rue avant l'immeuble des laboratoires Goji. En marchant vers eux, Christophe éprouve une pointe de remords. Il tente de se convaincre. *Après l'attaque du local par des gros bras à la solde du patron, on ne pouvait faire moins que ça : envahir le bureau du DRH et lui secouer les puces. Hier soir, à la réunion, tout le monde était d'accord. En attendant le résultat de l'enquête de police, c'est bien le minimum. Et puis, les flics n'ont pas réussi à choper ceux qui nous ont attaqués. Ça m'étonnerait qu'ils remontent jusqu'au commanditaire. J'aurais réagi de la même manière sans... toute cette histoire.*

Mais en voyant du coin de l'œil le Chasseur et ses amis se préparer à leur tour, il se sent hypocrite vis-à-vis de ses collègues. *Je les manipule, je les utilise pour un combat qui n'est pas le leur... Mais y sont-ils vraiment si étrangers ? Peut-on laisser un vampire diriger notre entreprise ? Non !*

Raffermi dans sa décision, Christophe salue les syndicalistes qui l'attendaient. Ensemble, ils vérifient que tout est prêt, que tout le monde a bien compris le déroulé de l'opération. Abdel distribue badges et drapeaux que chacun dissimule sous son manteau. Puis, par petits groupes, la troupe se présente à l'entrée principale de l'entreprise pour badger.

Comme tous les matins, le vigile surveille l'entrée tandis que les salariés passent dans les tourniquets. Christophe le connaît bien. Un type consciencieux et honnête, même s'il fait un travail particulièrement rébarbatif. Il faut dire qu'il ne se passe jamais rien dans ce labo. *Sauf aujourd'hui... Il ne faudrait pas qu'il s'aperçoive de quelque chose avant que nous ne soyons tous à l'intérieur.* Il le salue de la main, espérant avoir l'air naturel.

— Eh, monsieur Zalmer !

Christophe se fige. *A-t-il remarqué quelque chose ?* Le vigile s'approche d'un pas vif. Comme la plupart de ceux de sa profession, il est particulièrement large d'épaules, vêtu d'un costume strict, sur lequel est brodé le logo rouge et noir de sa société. Et il fait une tête de plus que Christophe...

— Ah, Mohammed ! Comment vas-tu ?

Du coin de l'œil, Christophe aperçoit deux de ses camarades entrer à leur tour et s'approcher, prêts à intervenir. *Mais pour faire quoi ? On n'est pas là pour se battre...*

— Je m'inquiétais, poursuit Mohammed. J'ai appris ce qui s'est passé à la Bourse du travail. Des gens m'ont dit que vous aviez été blessé, et hier, personne ne vous a vu au bureau.

Ouf, ce n'est que ça... Christophe se détend, un peu.

— Plus de peur que de mal, répond-il. Ça n'était qu'une légère égratignure. Maintenant, c'est à la police de faire son travail.

À peine a-t-il terminé sa phrase qu'il se présente à la pointeuse avant de s'engouffrer dans l'ascenseur, pressé d'être hors de vue. Comme convenu, il prend ensuite la direction du bureau qu'il partage avec Éric et y laisse son badge. Après, lui et les autres militants ont rendez-vous à la cafétéria...

De son côté, Alexandre a déclenché le chronomètre ; il regarde les secondes défiler, impassible. « *Comment fait-il pour rester si calme ?* » se demande Éric. Dix minutes, c'est le temps qu'ils doivent attendre avant de pénétrer à leur tour dans le bâtiment. Elles lui paraissent interminables. *Qu'allons-nous faire ? Voler une herbe médicinale dans un laboratoire pharmaceutique en plein jour ? C'est de la folie furieuse...* Près de lui, Élisa patiente avec un calme presque égal à celui du Chasseur. Il voudrait lui prendre la main, se réconforter à son contact mais il n'ose pas.

— C'est l'heure, déclare le Chasseur d'une voix ferme. Allons-y.

Éric inspire et se met en route. Les deux autres le suivent jusqu'à l'entrée du bâtiment.

— Ils sont avec moi, déclare-t-il à l'hôtesse d'accueil.

— Bien sûr, je peux voir vos pièces d'identité ? répond-elle.

Alexandre et Élisa s'exécutent, l'hôtesse leur remet des badges visiteurs. *Plus de retour en arrière possible. Même si nous réussissons, Théophraste saura que nous en sommes responsables. Adieu, mon premier CDI...* Mais l'heure n'est pas au sentimentalisme. Ils rentrent à leur tour, après un bref signe de tête au vigile. Alexandre l'évalue d'un regard. *Forte carrure, musclé. S'il n'est pas trop aguerri aux arts martiaux, ça devrait aller. Sinon...*

Il ne leur faut que quelques instants pour récupérer le badge de Christophe ; un badge qui leur garantira l'accès à l'aconit...

Chapitre XLVI
Vol au grand jour • 2

C'est parti ! Christophe Zalmer quitte la cafétéria d'un pas vif et assuré, aussitôt suivi par la vingtaine de militants syndicaux mis dans la confidence de l'opération. Envahir les bureaux du patron, ça le connaît. Il est dans son rôle. Mais cette fois, c'est différent. Il est là pour faire diversion, attirer la maigre sécurité du laboratoire à l'étage de la direction tandis qu'Éric, Élisa et Alexandre en profiteront pour s'introduire dans l'aile dédiée aux recherches sur l'aconit.

Dans l'ascenseur, Christophe et ses camarades se préparent à l'abri des regards. Quand les portes s'ouvrent, la secrétaire effarée voit pénétrer dans la salle une dizaine d'hommes et de femmes, drapeaux déployés pour certains, sifflets à la bouche pour d'autres. Rapidement, la petite troupe bigarrée envahit la salle d'attente, puis prend la direction du bureau du DRH. À cette heure de la journée – le soleil vient de se lever –, le PDG, M. Théophraste, n'est bien sûr pas dans les murs. La secrétaire se lève et tente de les interpeller :

— Que signifie…

— Nous venons voir monsieur Jean-Marc Germand, la coupe Christophe.

— Mais, vous n'avez pas rendez-vous, gémit-elle…

— Non ! On s'invite… comme ses gros bras l'autre soir ! termine Christophe d'un ton agressif.

Le temps de ce bref échange, il a déjà la main sur la poignée de la porte du bureau. Il entend dans son dos l'ascenseur s'ouvrir et décharger une deuxième vague de syndicalistes. Certains décorent les lieux à leur goût. Des autocollants fleurissent sur les fenêtres et un facétieux plante même son drapeau dans le pot du ficus. Sur la table basse, la collection de numéros de *L'Usine nouvelle* à destination des visiteurs est remplacée par une pile de *La Nouvelle Vie ouvrière*...

Tous sont regroupés derrière Christophe. Du coin de l'œil, il aperçoit la secrétaire saisir son téléphone – *sans doute pour appeler à la rescousse le vigile à l'entrée. Tant mieux, c'est le but de l'opération...*

Il pousse violemment la porte pour l'ouvrir. *Tant qu'à faire, jouons-la théâtrale !* Celle-ci frappe le mur, faisant sursauter le DRH. Il se lève de son siège, pris de court par la brusque entrée de Christophe et de ses camarades.

Comme à chaque fois qu'il pénètre dans cette pièce, Christophe ne peut s'empêcher de constater avec amertume la différence de cadre de travail entre son modeste laboratoire en sous-sol et les locaux de la direction. Sur une même surface, M. Germain ne voit aucun problème à faire travailler six personnes en open space ou juste lui tout seul. La pièce est très lumineuse : le mur du fond est entièrement occupé par une large baie vitrée. Le bureau est design et élégant : une association de verre et de métal. Le siège est en cuir évidemment. Une table de réunion et quelques plantes vertes complètent le décor, ainsi qu'une toile de maître accrochée au mur...

— Vous n'avez pas le droit, sortez immédiatement d'ici ! tonne Jean-Marc Germand, qui semble comprendre immédiatement la teneur de l'intrusion.

— Non, répond calmement Christophe.

Il s'avance, et se plante devant le bureau, les bras croisés. Derrière lui, ses compagnons entrent à leur tour et s'installent en arc de cercle.

— Monsieur Germand, nous devons vous parler maintenant !

Celui-ci promène son regard sur chacun des membres de la délégation qui a envahi son bureau. Ils sont nombreux et déterminés. Il soupire : « *Les risques du métier… Être séquestré dans son bureau, ça doit arriver au moins une fois dans la vie d'un DRH. On dirait bien que c'est mon tour.* »

— J'ai l'impression que je n'ai pas le choix, dit-il en se rasseyant. Mais ce ne sont pas des méthodes. Vous qui vantez sans cesse le dialogue social… Je saurai m'en souvenir.

Son regard fixe ostensiblement chacun des présents, comme pour mieux leur donner conscience qu'il mémorise leurs visages et leurs noms, une menace à peine voilée…

— Parlons-en du dialogue social ! tonne Abdel, l'un des plus jeunes et des plus énergiques du syndicat. C'est du dialogue social que d'envoyer des gros bras nous casser la gueule ?

Calmement assis derrière son bureau, Germand joint les mains en une attitude qu'il veut apaisante et répond d'un ton froid et maîtrisé :

— Je ne vois pas du tout de quoi vous parlez…

— Ah oui, il ne voit pas, murmure Liam du fond de la salle… Et en plus, il se fout de nous…

Dans l'assistance, la tension monte d'un cran. Les dénégations du DRH ne font qu'attiser la colère. Christophe Zalmer tente de canaliser le mécontentement grandissant :

— Vous avez forcement été informé de l'agression dont moi et plusieurs autres membres du syndicat avons été victimes. La police est venue vous interroger…

Germand a un petit rire méprisant :

— Oui, et je ne comprends vraiment pas. Quel rapport cela a-t-il avec moi et notre entreprise ?

— Les forces de l'ordre cherchent un mobile... Cela vous étonne qu'ils aient pensé à vous ? le questionne Christophe.

— Honnêtement, oui, répond le DRH d'un ton suffisant. Allons, nous ne sommes plus au XIXe siècle...

« *Nous, non. Mais ton patron... peut-être y est-il toujours ? À quelle époque est-il resté ?* » se demande Christophe.

Mais la pique semble avoir chauffé à blanc Abdel et quelques autres :

— Ça fait cinq minutes qu'on est là, il nous fait son numéro, mais moi, j'attends toujours une parole compatissante. (Il s'approche du bureau à grandes enjambées et se plante devant le DRH en faisant de larges gestes de la main.) On s'est fait casser la gueule... *Môssieur* pourrait au moins dire qu'il est désolé !

L'intéressé se lève à son tour pour faire face et répond plein de morgue :

— Désolé de quoi ? Vous avez cherché les problèmes, vous les avez trouvés. Je n'en suis pas responsable mais je ne vais pas non plus pleurer...

— Je vais me le faire, grogne Liam, qui s'avance à son tour droit sur le DRH.

« Ça *part en vrill*e » constate Christophe Zalmer. C'est ce moment que choisit le vigile pour entrer à son tour dans le bureau. Il se faufile entre deux syndicalistes pour se rapprocher de son patron.

— Un problème, monsieur ? demande-t-il à l'adresse de Jean-Marc Germand.

— Oui, Mohammed, répond-il. Veuillez, s'il vous plaît, raccompagner dehors ces deux olibrius. Je veux bien discuter mais pas me faire insulter…

À ces mots, Abdel voit rouge. Il empoigne le DRH par le col de la chemise, aussitôt suivi par Liam. Le vigile se précipite vers eux, ainsi que Christophe. Entre-temps, Jean-Marc Germand tente de repousser ses deux agresseurs mais l'un d'eux tire si fort qu'il arrache quelques boutons… déchirant le tissu au passage. Le deuxième syndicaliste s'apprête à frapper le DRH quand Christophe le repousse d'un geste vif, l'envoyant rouler au sol. Un instant après, le vigile immobilise Abdel qui tient toujours dans sa main la manche déchirée du costume du DRH.

Jean-Marc Germand recule précipitamment dans un coin. Toute expression d'un quelconque sentiment de supériorité a quitté son visage. Pour la première fois de sa carrière, il n'est pas en position de force vis-à-vis de ses salariés. Pour la première fois, il est à la merci de plus fort que lui ; et il a peur. La violence sociale, il la connaît, il l'exerce souvent. Mais jamais il n'avait imaginé que le prix à payer serait de subir un jour une autre forme de violence, physique cette fois.

— On se calme ! Christophe hausse la voix, tentant de ramener tout le monde à la raison.

Liam se redresse, Abdel cesse de se débattre entre les bras puissants du vigile qui le relâche aussitôt. Lui-même prend conscience que malgré son évidente supériorité physique, il ne fait pas le poids face à la dizaine de syndicalistes qui l'entoure…

Jean-Marc Germand replie autour de lui les morceaux de sa chemise en lambeaux. Son regard cherche une issue.

C'est à ce moment que résonne le long hurlement de l'alarme incendie...

Pile à temps, les copains ! Christophe soupire de soulagement. La situation devenait ingérable.

Chapitre XLVII
Vol au grand jour • 3

Tandis que Christophe Zalmer prend l'ascenseur pour faire diversion en envahissant les locaux du DRH, Éric conduit Élisa et Alexandre vers l'aile du bâtiment où s'effectuent les recherches sur l'aconit. Lui-même n'a pu y pénétrer que le jour de sa présentation, son propre badge n'y donnant pas accès. Les premiers jours, il s'étonnait de la paranoïa aiguë qui sévissait dans l'entreprise. Il comprend mieux pourquoi désormais...

Devant eux, la porte coupe-feu donnant accès au laboratoire est fermée, mais deux hublots laissent entrevoir l'autre côté. Alexandre y passe furtivement la tête pour évaluer la configuration des lieux. Située au rez-de-chaussée du bâtiment, la salle de recherche comporte deux grandes paillasses en carrelage blanc. Trois laborantins, en tenue blanche et masques chirurgicaux sur le visage s'y activent autour de différents instruments électroniques. L'un d'eux est absorbé dans la contemplation d'un vaste écran où défilent chiffres et diagrammes compliqués ; un autre a l'œil vissé sur un microscope. Le troisième observe ce qui est sans doute une étuve. Comme Alexandre le craignait, les fenêtres qui donnent sur la cour intérieure sont grillagées ; pas d'issue de secours à espérer de ce côté. Enfin, il trouve ce qu'il cherche : au fond de la salle, dans une serre en verre, une dizaine de plants d'aconits poussent, fortement illuminés par plusieurs spots. Ils sont aisément reconnaissables à leurs grappes de fleurs violettes accrochées le long de hautes tiges.

Alexandre consulte sa montre. Christophe Zalmer est à l'étage de la direction depuis près de cinq minutes, et le vigile aussi, s'il fait bien son travail. Le moment d'agir est venu. Il fait signe à Élisa.

Celle-ci allume une cigarette et souffle une longue bouffée en direction du détecteur d'incendie qui réagit aussitôt : une sirène stridente se met à hurler dans tout le bâtiment. Par les hublots, Alexandre constate avec soulagement que les trois employés se conforment aux consignes : sans précipitation, ils prennent la direction de l'issue de secours la plus proche. Dissimulés, Alexandre, Éric et Élisa les regardent s'éloigner.

— Jusqu'à présent, tout se déroule sans problème, murmure avec soulagement Éric.

— Ça ne fait que commencer, petit frère. Ne vend pas la peau de l'ours avant de l'avoir tué, lui répond le Chasseur, avant de revenir à la porte.

Comme il s'y attendait, celle-ci est verrouillée. Éric sort alors de sa poche le badge de Christophe Zalmer et le passe devant le lecteur magnétique. Après quelques secondes d'hésitation, une diode verte s'allume et la porte se déverrouille. *Pratique d'être délégué du personnel. Il a accès à tous les locaux de l'entreprise...*

Tandis qu'Élisa fait le guet, Alexandre et Éric se rendent directement à la serre abritant les plants d'aconits. Mais quand Éric tente de l'ouvrir, la porte résiste.

— Pas le temps de finasser, chuchote Alexandre. Pousse-toi !

Et d'un coup de pied, il brise la vitre. Le verre explose en de multiples éclats qui se répandent sur le sol. Heureusement, le bruit est couvert par l'alarme incendie qui continue de résonner.

Pourtant, Éric perçoit quelque chose d'autre. Le sang de Narjess est pratiquement entièrement dilué dans ses veines, et ses sens ont retrouvé leur acuité habituelle. Enfin presque. Il sent ses poils se hérisser sur son échine, un frisson le parcourir.

— Chuuuut ! dit-il, en alerte.

Le Chasseur se fige instantanément, lui aussi à l'écoute. Il entend alors des pas rapides gratter le plancher et un souffle rauque. *Impossible. Il fait jour. Ils dorment encore...* Pourtant, quelque chose approche, il en est sûr.

D'un coup sec, il tranche les tiges de la moitié des plants d'aconits et les enfourne dans son sac.

— Partons, vite !

Ils se retournent vers l'entrée où les attend Élisa. Mais à leur grande surprise, celle-ci fait un pas en arrière et claque la porte sur eux, les enfermant tous les trois dans la pièce.

— Que se passe-t-il ? demande le Chasseur en arrivant à son niveau.

Élisa lui répond d'une voix blanche :

— Je ne sais pas. J'ai vu un mouvement, une masse sombre. J'ai pris peur.

Alexandre regarde à travers les hublots. Mais non, le couloir est vide. Il pose la main sur la porte pour l'ouvrir, mais son frère l'arrête. Éric ne comprend qu'à peine ce qu'il ressent, il sait que c'est au-delà de la perception humaine. Mais il perçoit un grondement rauque, une odeur musquée, et plus encore, une intention maléfique.

— Il y a quelque chose derrière la porte. Je ne sais pas ce que c'est, mais ça n'est pas humain.

Le Chasseur lâche la poignée de la porte, faisant confiance à l'instinct de son frère. À pas prudents, il recule. Ils n'ont emporté aucune arme, pour ne courir aucun risque en cas de fouille par le vigile. Un manque cruel désormais. Il balaye la pièce du regard, cherchant quelque chose qui pourrait en faire office, mais ne voit rien.

Plus pragmatique que lui, Éric se dirige vers une armoire dont il ressort deux scalpels et un chalumeau de cuisine – utilisé pour stériliser certains objets.

— Pas tout à fait le format que j'espérais, grommelle Alexandre, mais on s'en contentera. Maintenant, il faut trouver une autre issue...

Hélas, les deux portes à l'arrière de la pièce donnent sur de petits bureaux aveugles. Non, il n'y a qu'un accès. *Le temps presse. L'alerte incendie ne tiendra pas les gens éloignés éternellement...*

— Le faux plafond ? demande Élisa.

Joignant le geste à la parole, elle monte sur une table et tente de soulever une dalle. Avec soulagement, elle constate que celle-ci pivote presque sans effort, révélant une cavité étroite abritant de nombreuses gaines électriques.

— C'est juste, mais en rampant, ça devrait le faire, dit-elle.

Au même moment, un coup sourd sur la porte les fait se retourner. Puis un autre, et encore un autre. Les battants tremblent. « *Quoi que ce soit derrière cette porte, ça essaye de l'enfoncer* » murmure Alexandre.

— On n'a pas le choix, dit-il, allez, on monte !

Chapitre XLVIII
Vol au grand jour • 4

Élisa passe la première. D'une traction, elle se soulève jusqu'à la taille, puis se glisse dans le faux plafond en roulant sur elle-même. *Finalement, l'épreuve sportive du concours de lieutenant de police m'aura servie...* Là-haut, l'espace est étroit. Elle peut à peine soulever la tête et se mettre sur les coudes. Le contreplaqué plie sous son poids, mais heureusement, ne cède pas. Elle se retourne et tend la main à Éric pour l'aider à monter. Puis vient le tour d'Alexandre. En bas, les coups redoublent d'intensité.

Élisa part à la recherche d'une issue. Elle doit se faufiler entre les gaines électriques, les tuyaux d'eau et surtout ceux, presque brûlants, du chauffage central. Ils répandent une chaleur suffocante dans l'espace trop exigu, qui, ajoutée à l'effort pour ramper, la font rapidement transpirer. Elle continue néanmoins à avancer, illuminant son chemin avec la faible lueur de son téléphone. Enfin, elle distingue le mur du fond, où comme elle l'espérait, une ouverture permet aux câbles de traverser jusqu'à la pièce voisine. Avec un peu de chance, ils pourront passer par là. Éric et Alexandre sont sur ses talons. Élisa tente de se faufiler dans l'espace laissé libre mais n'y parvient pas.

— Attends, je vais t'aider, murmure Éric, qui commence à tirer sur les câbles pour lui dégager de la place.

Au même moment, ils entendent un fracas sous leurs pieds. La porte vient de céder...

Élisa s'engage dans l'étroit passage. Il lui faut se tortiller, se contorsionner et elle a peur de rester coincée. À cet instant, les dalles tremblent sous eux, comme si quelque chose de lourd venait d'y atterrir.

— C'est aussi dans le faux plafond ! s'exclame Alexandre. Vite !

Dans un ultime effort, Élisa parvient de l'autre côté. Éric et Alexandre la suivent. Derrière eux, ils entendent des grognements et des grincements, semblables à des griffes. Ça rampe dans leur direction. Par chance, la chose semble aussi éprouver des difficultés à se mouvoir dans cet étroit conduit... Avec inquiétude, Élisa voit au loin une masse noire d'où émergent des yeux or. De nouveau, elle empoigne Éric par les mains, et tire de toutes ses forces. Sa veste s'accroche à un câble et se déchire, mais il finit par passer. Alexandre fait de même. Juste à temps.

La chose continue à se rapprocher. Sur leurs talons, elle tente déjà de passer sa tête à travers l'ouverture, griffant les câbles pour se frayer un chemin.

— Le chalumeau ! crie Alexandre.

Élisa s'exécute. Une petite flamme jaillit du chalumeau et illumine brièvement les lieux. Elle révèle une tête animale, recouverte de poils, un long museau, des crocs effilés, et des yeux jaunes injectés de sang. Dans l'espace confiné, Élisa se trouve à moins d'un mètre de la bête et ne peut pratiquement pas bouger. Heureusement, la créature est elle aussi peu mobile. Élisa tend le bras, approchant la flamme de la tête de la chose. Aussitôt, celle-ci recule, poussant un glapissement de peur. Elle bat en retraite, provisoirement.

— Qu'est-ce que c'était ? demande Éric.

— Pas la moindre idée, lui répond Alexandre. Partons d'ici, et vite.

Ils rampent encore quelques mètres, avant de parvenir à desceller une dalle et de pouvoir descendre, dans un autre bureau. C'est alors que le portable d'Éric vibre dans sa poche. Il vient de recevoir un SMS de Christophe Zalmer : « Vous en êtes où ? L'alarme incendie ne retiendra pas éternellement le personnel dehors. » « *On fait ce qu'on peut* » voudrait lui répondre Éric.

Ils quittent le bureau et s'enfoncent dans les couloirs en direction de la sortie. Alors qu'ils approchent du hall d'entrée, Éric se fige. Sa nuque le picote, ses cheveux se dressent sur sa tête. Il sent une présence dans son dos. Lentement, il se retourne.

Le monstre est là, derrière eux, au bout du couloir. Ils le voient enfin nettement. C'est une sorte de chien, au pelage noir. *Non, un loup*, corrige mentalement Éric, *mais à la carrure hors norme*. La bête s'approche d'eux, le poil hérissé, les babines retroussées, révélant une gueule puissante.

Éric hésite. S'ils tournent les talons et partent en courant, ils peuvent peut-être atteindre le hall d'entrée avant que la créature ne soit sur eux. Mais si jamais ils ne courent pas assez vite... *Non, mieux vaut ne pas tourner le dos à ce monstre.*

À ses côtés, Alexandre a pris dans sa main le scalpel prélevé dans le laboratoire, une arme bien dérisoire. La bête avance vers eux, elle se ramasse, prête à bondir. Éric se remémore alors un de ses derniers cours de karaté avant d'accéder à la ceinture noire. Le maître leur enseignait une méthode de self-défense face à un chien d'attaque. Il n'a jamais eu l'occasion de la tester. *Ce n'est pas comme si j'avais le choix aujourd'hui.*

Le monstre prend son élan et saute pour attaquer, il vise le cou d'Éric. Mais celui-ci s'avance également, pivote d'un quart de cercle et présente son coude replié à la gueule de la créature. Il s'y enfonce, Éric se penche en avant, tentant de plonger son avant-bras le plus au fond possible dans la gorge. *Il faut que ça marche.* Le loup referme les crocs qui percent les vêtements d'Éric et entament sa chair. Mais son coude est profondément enfoncé, bloquant les mâchoires qui se trouvent à manquer de force pour achever leur mouvement. Éric ressent une vive douleur alors que les dents pénètrent dans son avant-bras mais elle reste supportable. La blessure est superficielle.

Alexandre ne perd pas un instant. Il porte un coup de scalpel au loup, laissant une fine traînée de sang rouge sombre sur son pelage. Mais celui-ci ne lâche pas prise pour autant. La lame n'est pas assez profonde pour entailler la bête en profondeur au-delà de son cuir. Toujours accroché au bras d'Éric, le monstre tente de le griffer de ses deux puissantes pattes avant.

Soudain, la bête pousse un glapissement de douleur. Elle ouvre la bouche, relâche Éric et bondit en arrière pour s'enfuir. Les yeux ahuris, Éric découvre Élisa, une branche d'aconit à la main.

Aussitôt, celle-ci jette la plante au sol et se précipite sur Éric, alors que ses genoux vacillent et qu'il menace de s'écrouler à terre. Elle prend délicatement son bras entre ses mains pour ausculter sa blessure.

— Comment ? demande-t-il.

— Je l'ai fouetté avec l'aconit. Christophe avait raison, ça marche sur eux... Laisse-moi voir ton bras.

En dégageant la manche, elle constate avec soulagement que si les crocs se sont enfoncés profondément dans la chair, ni l'os ni les nerfs ne sont touchés.

— Partons d'ici, et vite, dit Alexandre, en ramassant les brins d'aconit.

Chapitre XLIX
Veillée d'armes

— Ne bouge pas, sinon, tu auras encore plus mal !

Éric serre les dents. Il est assis sur un tabouret, dans la salle de bain de Christophe Zalmer, où Élisa exerce sur lui ses talents de secouriste. Son avant-bras dénudé repose sur le lavabo, de minces filets de sang coulent tandis qu'elle nettoie la plaie avec du coton et un produit désinfectant indolore – du moins, jusqu'à un certain niveau de blessure... Il serre les dents. Une petite tache de sang se forme sur le carrelage jaune pâle : Elisa est assise sur le rebord d'une vieille baignoire, position inconfortable qui ne lui permet guère d'être précise dans ses gestes. Enfin, elle enrobe la blessure dans un épais bandage puis relève la tête.

— Ça devrait aller. Bien sûr, si tu pouvais aller voir un médecin... Mais ça fera l'affaire.

— Merci, répond-il.

Il va pour se lever mais elle le retient de la main.

— Attends. Et nous deux ? On en est où ?

Éric se rassoit. Il aurait voulu éviter cette conversation. Tout est confus dans sa tête. Il ne peut pas nier ce qu'il a ressenti, seul avec Élisa penchée sur son bras pour le soigner, comme un écho de leur nuit interrompue. Les épreuves traversées ensemble confirment cette affinité née lors de leur première rencontre, dans ce bar où il fêtait sa victoire au championnat de karaté.

Mais le souvenir ardent de l'Étreinte de Narjess commence à peine à s'estomper. Une partie de son être la désire encore. Il veut transcender à nouveau sa propre humanité, au contact de cet être immortel. Jamais dans l'acte d'amour, il n'a ressenti une communion aussi parfaite que lorsque leurs cœurs battaient à l'unisson, qu'avec son propre sang magnifié par la nature vampirique de Narjess s'écoulant dans leurs deux corps. *Que lui dire ? Je ne veux pas lui mentir. Elle mérite mieux que cela. Mais la vérité, elle ne peut pas l'entendre non plus. Qui pourrait ?* Il soupire.

— Je ne sais pas, répond-il. Il se passe tellement de choses. Tout ce que nous croyions certain a été chamboulé. Après, quand ce sera terminé. D'accord ?

Mais, on ne la fait pas si facilement au lieutenant de police Alvarez. Son instinct de flic lui dit qu'il cache quelque chose.

— Il n'y a pas que ça, répond-elle tristement. Je le sens bien. C'est quoi ? (Elle inspire, hésitant à poursuivre.) Narjess… C'est elle ? Qu'est-elle pour toi exactement ?

Élisa déglutit. Elle se sent ridicule. Que veut-elle dire par là ? Narjess est un vampire, un monstre assoiffé de sang. Est-ce de la crainte qu'elle ressent ? Est-ce de l'aversion pour un membre d'une espèce qu'elle combat ? Ou tout simplement de la jalousie féminine ? Hélas, la réponse d'Éric est à la hauteur de ses craintes.

— Je ne sais pas, répond-il. Elle est telle que mon frère décrit les vampires… et différente en même temps.

Il se lève. Élisa ne fait aucun geste pour l'en empêcher cette fois. Pourtant, il s'approche d'elle et prend sa tête entre ses mains. Il se penche et dépose un baiser sur son front.

— Je suis désolé, conclut-il, avant de partir.

Élisa reste seule dans la salle de bain, songeuse. Son front la brûle, là où Éric a posé ses lèvres. *Pas la peine de me raconter des histoires. J'ai ce type dans la peau...* Elle se lève et se regarde dans la glace. Elle a les traits fatigués, des cernes sous les yeux. Comme à son habitude, elle est vêtue de manière fonctionnelle, un pull noir col roulé, un jean, des baskets. Le contraste avec Narjess, toujours impeccable et vêtue du dernier chic, est saisissant. « Tu n'as pas de chance avec les mecs » dit-elle à son reflet dans le miroir. *Les histoires compliquées, ça te connaît. Mais là, tu es partie pour battre tous les records. Devoir disputer un homme à... à quoi exactement ? Je ne préfère même pas y songer.* Enfin, Élisa descend dans le salon rejoindre les autres.

Éric se tient debout dans un angle, serré contre le poêle à bois. Il est mal à l'aise et évite de croiser son regard. Alexandre et Christophe sont assis dans le canapé, les brins d'aconit étalés sur la table basse – des fleurs violettes qui répandent une douce odeur dans la pièce.

— Cette créature que vous avez affrontée, qu'est-ce que c'était ? demande Christophe.

Alexandre ne pense qu'à ça depuis leur retour des laboratoires Goji. Dans sa longue expérience de Chasseur, il n'avait jamais rien affronté de tel. Encore une nouveauté qui confirme qu'après des siècles de déclin, les pouvoirs des vampires croissent à nouveau. *Comment est-ce possible ?*

— C'était une goule. Du moins, je le suppose. C'est la première fois que j'en vois une. Autrefois, d'après les archives de l'Église, les vampires étaient capables d'asservir certains animaux de proie, comme les loups ou même les chauves-souris. Le lien avec leurs maîtres ténébreux rendait ces animaux plus forts, exactement comme celui que nous avons mis en fuite. Mais le dernier rapport d'un Chasseur attestant l'existence des goules remonte à la fin du XIXᵉ siècle...

Éric tousse. Il lui coûte de parler, surtout devant Élisa. Mais si ce qu'il sait est utile, il serait criminel de le taire.

— Narjess... Elle prétend que les siens retrouvent partiellement leurs pouvoirs. Elle ne m'a pas dit pourquoi. Comment est-ce possible ?

— Depuis trois semaines, j'essaye de le comprendre, sans y parvenir, répond Alexandre amèrement. Jusqu'à présent, notre théorie était que le développement de la science repoussait le surnaturel. Plus notre compréhension du monde progresse, plus nous entrons dans un âge de raison et de savoir, et plus la magie quitte ce monde. Le Siècle des Lumières a représenté un tournant, c'est à partir de ce moment que l'homme a commencé à croire qu'il pourrait tout expliquer par la science. Et donc, c'est à cette époque que le scientifique a progressivement remplacé le surnaturel, et que les pouvoirs des vampires ont décliné. Mais comment expliquer qu'à l'âge de la révolution numérique, les vampires retrouvent leur force ? Tout ce que nous tenions pour vrai serait faux ?

— Un âge de raison, le XXIᵉ siècle ? Christophe éclate d'un rire amer. Ça n'est pas l'impression que j'en ai. L'obscurantisme religieux se répand aux quatre coins du monde ; l'homme sait que son mode de vie détruit la planète et menace sa propre existence mais se révèle incapable de le changer ; et parmi ceux qui nous dirigent, combien croient que *la main invisible du marché* est le guide qui nous mènera vers un monde meilleur ?

Un silence se fait. C'est Alexandre qui reprend la parole.

— On pourrait philosopher longtemps sur la question. Mais je laisse cela aux théologiens du Vatican. Mon rôle est de traquer les vampires et de les détruire ; avant qu'ils ne deviennent trop puissants pour que nous puissions les combattre. Le destin nous a fourni une arme. (Il désigne l'aconit.) À nous d'élaborer un plan. Il faut attirer Maître Luigi dans un piège et l'éliminer. (Alexandre marque une pause et regarde Éric droit dans les yeux. Sa voix se fait dure et froide.) Et ensuite, il faudra aussi nous occuper de Théophraste et de sa fille, Narjess. Ce sont les mêmes monstres que Luigi, des prédateurs qui tuent ceux de notre espèce pour se nourrir. Il n'y a aucune pitié à avoir pour eux.

Éric ne répond pas et détourne le regard, mal à l'aise.

L'après-midi est déjà bien avancé quand ils se séparent. Mais il fut fructueux, ils ont désormais une stratégie ; il ne reste plus qu'à la mettre en œuvre. Alexandre envoie tout le monde se reposer, avec interdiction de sortir après le coucher du soleil et jusqu'à l'aube.

CHAPITRE L
Visite nocturne

Éric se réveille en sursaut, les sens en alerte.

En chiffres rouges, le radio réveil indique 3h05. Il croit sentir une présence dans la pièce, bien qu'il n'entende aucun bruit et que rien ne bouge. Pourtant, il n'est pas seul, il le sent. Son cœur s'emballe. *Maître Luigi ? Non, je serais déjà mort. Et il ne peut pas entrer. Je ne l'ai pas invité.* Les muscles raidis, prêt à bondir, il tend lentement la main vers l'interrupteur. Nul ne vient arrêter son geste. La lumière du plafonnier inonde la pièce. *Elle est là !*

Narjess est assise sur une chaise, les bras croisés sur la table pour soutenir son menton. Elle le regarde fixement, ses longs cheveux noirs retombant librement sur ses épaules nues. Malgré l'hiver qui s'installe, elle porte une tunique de soie noire échancrée *et terriblement sexy...*

— Enfin, tu es réveillé ! dit-elle.

— Tu, vous... Comment êtes-vous entrée ? demande-t-il, stupéfié de la trouver chez lui en pleine nuit.

— Allons, après ce que nous avons partagé, tu peux me tutoyer, répond-elle en minaudant. Tu m'as invitée, je te rappelle.

— Oui, enfin... Les gens normaux demandent avant de venir chez les autres. À chaque fois... Surtout en pleine nuit.

— Et bien, pas moi, répond-elle d'un ton ferme qui clôt le sujet.

Elle se lève et s'approche d'une démarche féline du canapé-lit où Éric est encore allongé. Celui-ci se redresse, cherchant à remettre de l'ordre dans ses pensées.

— Que me voulez... que me veux-tu ?

Je suis vraiment en train d'avoir une conversation avec un vampire ? Et qui me demande de le tutoyer en plus ? Non, dites-moi que je suis encore en train de rêver... Mais Éric sait bien que ce n'est pas le cas.

Narjess affiche une mine triste.

— Votre petite escapade de ce matin au laboratoire a mis mon père hors de lui. Vous avez ruiné sa récolte d'aconit. Je ne suis pas très contente non plus, ajoute-t-elle d'un ton plus doux. Vous avez maltraité ce pauvre Fido...

— Fido ? demande Éric, interrogatif. Il est perdu.

— Mon loup apprivoisé, répond Narjess. Cela faisait près d'un siècle et demi que je n'avais pu en asservir un. J'y tiens. Et ta petite fouineuse l'a blessé.

Elle s'arrête, saisit délicatement le bras bandé d'Éric.

— Il ne t'a pas raté non plus. Brave bête... Il aura droit à une récompense.

— Ce monstre... Il était à vous... Enfin, à toi ?

— Je crois l'avoir déjà dit. Je t'aime bien mais j'ai horreur de me répéter... Alors sois attentif, ajoute-t-elle sur un ton menaçant qui rappelle à Éric la dangerosité de sa nature.

Il reste silencieux, attendant que Narjess reprenne. Elle s'assoit sur le canapé-lit, près d'Éric, trop près pour qu'il puisse rester insensible à sa présence magnétique. Son regard se perd dans les courbes de ses hanches et la rondeur de ses seins suggérée par son décolleté. Leurs regards se croisent, elle le fixe dans les yeux, interrompant sa rêverie.

— Je te disais que Théophraste est furieux. L'aconit est une arme dangereuse, qu'il voulait maîtriser pour son seul usage. Et là voilà entre les mains du Chasseur et donc de l'Inquisition. Et cela en grande partie grâce à ton ami, Christophe Zalmer.

Malgré le regard hypnotique de Narjess, Éric tente de rester concentré.

— Théophraste et toi voulez que nous affrontions Luigi. Vous avez une arme qui peut nous donner un avantage certain... et vous nous reprochez de l'avoir prise ?

Narjess sourit :

— Qui a dit que nous étions des êtres raisonnables et sensés ? Théophraste prend conscience que la partie est en train de lui échapper. Il pensait pouvoir manipuler le Chasseur comme un pion à son service, mais cela a échoué. Et la petite diversion de tes amis syndicalistes chez son chouchou, Jean-Marc Germand, ne l'a pas amusé non plus. En matière de lutte des classes, Théophraste en est resté à la Rome antique et à la révolte de Spartacus. Quand les esclaves se rebellent contre leur maître, il ne connaît qu'une réponse : les écraser dans le sang. S'il le pouvait, il crucifierait Zalmer et chacun de ses camarades... une croix tous les dix mètres, de son bureau à la gare RER des Ardoines...

Éric déglutit, mais tente néanmoins un trait d'humour :

— En somme, tu es venu me remettre ma lettre de licenciement en main propre ?

Narjess éclate de rire.

— Non, pas vraiment. Je l'ai calmé. Tu as de la chance que je tienne à toi. Sinon, il se serait sans doute déplacé en personne pour t'exprimer son point de vue, ou plutôt pour te mettre au menu de son prochain souper. Mais ce serait sans doute une bonne idée de demander des congés, au moins le temps de régler cette affaire avec Luigi. Je ne pense pas que le DRH s'y opposera. Il est un peu chamboulé, le pauvre.

— Ce n'est pas le seul, répond Éric avec humeur. La dizaine de collègues contre qui ton père a envoyé ses gros bras n'a pas non plus envie de rire.

— Sans doute, sans doute... Enfin qu'ils ne se plaignent pas. Personne ne les a vidés de leur sang. Ils s'en sortent à bon compte.

Éric s'agite dans son lit, mal à l'aise. Mais Narjess s'interrompt ; elle dévoile son poignet.

— Tu auras demain un rude combat à mener. Tu as volé une arme à mon père, mais je suis bonne joueuse, je t'en offre une autre. Bois de mon sang, il te rendra plus fort...

— Mais Christophe en a bu également, dans une fiole au bureau. Cela a soigné ses blessures, rien de plus.

— Oui, répond Narjess, songeuse. C'est curieux d'ailleurs. Je retrouve mes pouvoirs d'antan mais mon sang perd ses propriétés ? J'aurais aimé que tu puisses poursuivre tes recherches jusqu'au bout.

« *À moins que...* » pense Éric, mais un soupçon de prudence lui fait garder ses théories pour lui. *À moins que l'hypothèse d'Alexandre ne soit la bonne. Si la science affaiblit les vampires, soumettre le sang de Narjess à des examens scientifiques détruirait ses propriétés surnaturelles ? Ce qui expliquerait que nous n'ayons rien trouvé... Le sang que Christophe a bu était dans le laboratoire, mais pas encore analysé. Ses propriétés étaient donc altérées mais pas entièrement éliminées. À creuser...*

Narjess interrompt le cours de ses pensées. De ses ongles tranchants comme des griffes, elle s'entaille le poignet. Mais aucune larme de sang n'en jaillit. Ses veines sont vides.

— Viens, dit-elle, échangeons nos sangs, j'en serais plus vivante, et toi plus fort.

Éric est assailli de sentiments contradictoires. Le doux visage d'Élisa se superpose dans sa tête à celui de Narjess. Il devrait choisir entre l'amour qu'il sent poindre pour la jeune femme, et le désir qu'il éprouve pour la créature immortelle. Boire de nouveau le sang de Narjess serait trahir la confiance d'Élisa et celle de son frère. Mais a-t-il seulement le choix ?

Narjess le transperce du regard. Comme le papillon attiré par la flamme qui va le brûler, il la laisse s'approcher de lui. Il ne dit rien quand elle ouvre sa gueule, dévoilant deux longs crocs effilés, si semblables à ceux du loup qui a déchiré ses chairs le matin même. Il frissonne, amorce un geste de recul, mais trop tard. Narjess l'empoigne et l'immobilise. Ses canines percent la peau fragile de son cou et atteignent la carotide.

Éric sent son sang s'échapper à gros bouillons, absorbé aussitôt par Narjess. Une fois encore, une douce torpeur l'envahit, un sentiment de plénitude. Puis son sang irriguant le corps asséché de Narjess parvient jusqu'à son poignet ouvert et commence à s'en écouler. Narjess le presse contre la bouche d'Éric. Il ne se débat pas pour le refuser. Il l'avale goulûment. Son propre sang, métamorphosé, magnifié en passant à travers le corps de Narjess est devenu le plus fin des nectars, la plus douce des drogues.

Il sent les plaies de son coude se refermer. Devenue infiniment plus sensible, sa peau s'électrise au contact de celle de Narjess, tandis qu'il perçoit distinctement leurs deux pouls battre à l'unisson. Elle l'attire vers lui, le prend dans ses bras pour le bercer. Il se laisse faire, et s'abandonne contre le corps de Narjess, redevenu souple et chaud...

Chapitre LI
Retour au commissariat

Élisa arrive au commissariat à reculons pour une nouvelle journée de service. Son esprit est ailleurs. Même faire le point sur l'état de ses sentiments pour Éric Miran est, pour l'heure, une préoccupation secondaire.

Je ne suis pas entrée dans la police pour ça. On m'a enseigné une certaine idée de la justice. Les policiers cherchent des preuves, enquêtent à charge et à décharge. Aux juges de se prononcer sur la culpabilité, de déterminer une peine. Louise Malenne est morte. Qui lui a porté le coup fatal ? Est-ce Maître Luigi ou a-t-elle été la victime collatérale d'un tir d'Alexandre Miran ? Je ne le sais pas et ce n'est pas à moi de le dire. Pourtant je prends parti. Je m'associe à l'un pour combattre l'autre. Et face à l'assassin désormais désigné, je m'érige en juge pour le déclarer coupable et en bourreau pour lui appliquer la sentence. Que suis-je en train de devenir ? Mais ce droit, cette morale conçue pour les humains, s'applique-t-elle à ces monstres, à ces prédateurs dont nous sommes les proies ? Ont-ils réellement perdu toute humanité ?

Alors que ces réflexions tournent en boucle dans sa tête, l'agent de garde interpelle Élisa dès son entrée dans le commissariat :

— Lieutenant Alvarez, la commissaire vous attend dans son bureau !

Et merde, j'espérais passer au travers, au moins jusqu'à ce que cette histoire soit réglée. Bon, allons-y... Élisa monte l'escalier et frappe à la porte.

— Ah, lieutenant Alvarez, je vous attendais, lui dit Myriam Duroc. Entrez et asseyez-vous.

Le ton est froid, autoritaire. *Ça s'annonce mal...* Elle prend la chaise que lui désigne la commissaire. *Son bureau est vraiment à son image : froid, impersonnel, fonctionnel.* Effectivement, la table est impeccablement rangée, pas un dossier ne dépasse, aucune photo personnelle ne l'humanise. Même le fond d'écran de son ordinateur représente le logo de la police nationale ! Le mur derrière Élisa est orné de Post-it de toutes les couleurs, selon la dernière mode du *management visuel* que la commissaire tente d'imposer à son équipe. Au centre de la pièce, Myriam Duroc, vêtue d'un austère tailleur noir, est assise sur un fauteuil digne d'un ministre. Elle joint les mains devant elle, se penche légèrement, et demande d'une voix incisive :

— Alors, avez-vous fait le point sur les dossiers qui vous ont été volés ?

Élisa a ressassé la question toute la nuit. Les meilleurs mensonges sont ceux qui s'appuient sur une part de vérité. Et de toute façon, avec la photo de Maître Luigi retrouvée sur le corps de sa victime, elle est coincée.

— Oui, et je ne me l'explique pas. Effectivement, j'avais gardé *en souvenir* quelques archives sur le double meurtre de Louise Malenne et Kevin Bréhaut. Elles ont disparu.

— Rafraîchissez-moi la mémoire : ce meurtre, c'est bien celui qui nous a été retiré par le 36 Quai des Orfèvres ?

— C'est exact. Comme je vous le disais, ça n'était que des souvenirs... (Élisa se sent fébrile, le mensonge à l'air difficile à faire passer. *Que sait-elle exactement ?*) Vous allez peut-être trouver ça étrange, voire inapproprié, mais nous autres policiers, ne sommes pas tous les jours confrontés à un meurtre, poursuit-elle. J'ai appelé Paris, vous savez ce qu'ils m'ont dit ?

— Oui.

La barbe, pour une fois qu'elle bosse, il faut que ça tombe sur moi !

— Le commandant Luc Martel est porté disparu. Ses dossiers sur ses affaires en cours aussi, dont celle-ci. On peut supposer qu'il y a un lien. C'est ce que je me suis dit lorsque j'ai fait cette constatation.

— Alors pourquoi ne m'avez-vous pas appelée pour m'en faire part ? l'interroge Myriam Duroc, d'un ton sec.

— J'allais le faire en arrivant ce matin, répond Élisa. Je n'ai pas pensé qu'il y avait urgence.

Élisa a tristement conscience de la faiblesse de sa défense.

— Non ? Un officier de police est mort, vous avez un indice qui pourrait relier le crime à une autre affaire, et ça ne vous paraît pas prioritaire d'en faire part à vos supérieurs ? On vous apprend quoi à l'école de police ?

Élisa ne sait que répondre. Elle se tait, tente d'afficher une moue contrite.

— L'IGS m'a appelée. Ils vont reprendre l'enquête. Ils débarquent demain. Alors si vous avez d'autres choses à dire, même celles qui ne vous paraissaient pas *urgentes*, je vous conseille de les déballer maintenant. Épargnez-moi la honte de voir l'IGS découvrir des choses désagréables sur vous en plein interrogatoire.

— Non, je vous jure, répond Élisa. Rien d'autre.

De toute façon, d'ici-là, j'ai une créature âgée de près de mille ans à affronter. Si je revois la lumière du soleil une journée de plus, ce sera une bénédiction. Même si c'est à travers les grilles d'une salle d'interrogatoire.

— Je l'espère, conclut la commissaire. J'ai un mort sur les bras, le préfet a déjà assez entendu parler de mon commissariat. Je n'ai pas envie que s'y ajoute une enquête interne parce qu'un de mes jeunes éléments aurait eu je ne sais quel comportement inapproprié. J'ai mieux à faire que de perdre mon temps en procédures disciplinaires. Allez, maintenant, disparaissez de ma vue et réfléchissez à ce que vous allez dire aux bœuf-carottes !

Élisa ne se le fait pas dire deux fois. Sans un mot, elle se lève, direction la salle de repos.

— Putain, fait chier ! hurle-t-elle à l'adresse du distributeur de boissons chaudes. Et pour faire bonne mesure, elle lui décoche un bon coup de poing.

— Eh Élisa, ça ne va pas ? lui demande le brigadier Leroux, toujours là au bon moment.

— La commissaire Régis Gauthier est mort. Ma vie sentimentale est une catastrophe, ma vie tout entière prend l'eau. Et l'autre, elle balise parce que l'IGS vient enquêter chez nous. Retrouver l'assassin de Régis, je crois qu'elle s'en fout. Tout ce qu'elle veut, c'est ne pas faire de vagues... pour ne pas nuire à son petit avancement. Et franchement, en ce moment, je ne suis pas d'humeur à supporter ce genre de comportements...

Chapitre LII
Confrontation finale • 1

Christophe Zalmer se lève avec les premiers rayons du soleil, tardifs en ce mois de décembre. En peignoir, son premier geste est d'aller dans la véranda vérifier... À chaque marche, son appréhension monte d'un cran. Il ne sait ce qu'il craint le plus, que le plan ait marché ou échoué.

Enfin, il atteint son salon d'été, largement éclairé par de grandes baies vitrées. De taille modeste, la pièce foisonne de plantes exotiques et s'ouvre sur le jardin par une vaste baie vitrée donnant plein sud. Deux petits fauteuils en osier et une table basse complètent le tableau. D'ordinaire, Christophe apprécie le calme des lieux, propice à la lecture et à la méditation. Mais pas aujourd'hui...

Le plant d'aconit est toujours là, mis en évidence sur un piédestal en marbre, trouvaille heureuse lors d'une brocante. Mais de l'autre côté de la paroi vitrée, la boîte en carton est ouverte ; l'enveloppe qui y avait été laissée a disparu. La boule d'angoisse qui grossissait dans son ventre depuis l'aube explose, déclenchant une vive douleur dans son estomac.

Il était là, cette nuit. Dans mon jardin... En effet, c'était leur idée pour contacter Maître Luigi : lui laisser un message, au pied d'un plan d'aconit, bien visible. Si réellement il les espionnait, il ne pourrait le manquer. Que cela ait fonctionné ne donne qu'une maigre satisfaction à Christophe, comparé au fait qu'un prédateur millénaire rôdait cette nuit au pied de sa maison. Il ne pouvait entrer sans être invité mais tout de même...

Fébrilement, il compose un message sur son téléphone, pour prévenir les autres de la réussite d'une nouvelle phase de leur plan.

*
* *

Alors que l'après-midi tire à sa fin, ils sont tous de nouveau réunis dans le salon de Christophe.

Le Chasseur est arrivé le premier, froid et distant, l'esprit tendu vers son objectif : Il attend ce jour depuis près de vingt ans. Enfin, si Dieu le veut, ses parents obtiendront justice ce soir, et leur assassin ira brûler en enfer. Mais peut-être prendra-t-il aussi lui-même au passage une option pour le purgatoire ? Est-il réellement guidé par la noble motivation de purger la Terre de l'existence d'un monstre démoniaque ou succombe-t-il plutôt à la vengeance ? De retour à Rome, il lui faudra se confesser au Saint-Père en personne. Il lui faudra expier ses fautes, s'il veut continuer à être digne d'être le Chasseur, à être le bras armé de l'Église catholique dans ce conflit souterrain qu'elle livre à ces rejetons du diable.

Élisa est la deuxième. Elle a l'air troublé mais elle reste muette sur ses difficultés professionnelles. *Tout sera terminé ce soir, d'une manière ou d'une autre. Après, on verra bien.*

Enfin Éric arrive. Tous constatent avec surprise qu'il ne porte plus de bandage au bras, mais il ne fournit aucune explication, et personne n'ose le lui en demander. Il s'assoit dans un coin, peu loquace. Il prend soin d'éviter le regard d'Élisa. « *Il l'a revue... C'est la seule explication* » pense Élisa, rongée par la jalousie.

Une fois tout le monde réuni, Alexandre ouvre une mallette et en étale le contenu sur la table : un chargeur pour pistolet et deux pieux en chêne.

— J'ai dû faire vite, je n'ai pu me procurer que cela.

Il prend le chargeur et le tend à Élisa.

— Avec moi, vous êtes la seule à savoir vous servir d'une arme à feu. Ces balles en argent ne tueront pas Maître Luigi, mais elles pourront le blesser et le ralentir, suffisamment pour lui donner le coup de grâce.

Il saisit les deux pieux et les donne à Christophe et Éric.

— Au cas où je ne puisse le faire moi-même, ceci peut le détruire. Un coup au cœur et tout est fini. Si vous en avez l'occasion, n'hésitez pas une seule seconde.

Tous acquiescent en silence. Personne n'est d'humeur à parler pour ne rien dire. Christophe pose à son tour quatre colliers sur la table. Leurs chaînes sont de facture assez simple, en cuir tressé noir. Leurs pendentifs sont composés d'une unique boule de métal, une sorte de cage à l'intérieur de laquelle on peut voir enchâssés des pétales de fleurs violettes : de l'aconit.

— Un accessoire classique des boutiques d'ésotérisme, explique Christophe, ayant presque l'air de s'excuser. D'ordinaire, on y met des pierres aux vertus supposées miraculeuses ou des plantes médicinales.

*
* *

La nuit est tombée depuis longtemps et les rues sont vides lorsque le Chasseur guide ses amis vers le point de rencontre fixé à Maître Luigi. Il est des rendez-vous qui se donnent loin des regards curieux, surtout s'il s'agit de se battre et de faire parler la poudre. Celui qu'ils ont choisi en fait partie.

Ils ont garé leur voiture à une bonne centaine de mètres et finissent le chemin à pied sur une piste cyclable au bitume fatigué. Aucun lampadaire n'éclaire le chemin : il est coincé entre un muret de soutènement de la quatre voies du RER C et les eaux de la Seine, rendues noires par l'obscurité.

Selon Alexandre, la situation est idéale. Outre sa discrétion, le passage forme un long couloir, offrant une vue dégagée sur toute sa longueur, et dont il est impossible de s'échapper sur les côtés, même avec les capacités surnaturelles d'un vampire.

« Le lieu parfait pour un guet-apens. La question est de savoir qui est le piégé et qui est le piégeur ? » murmure Éric. Christophe hoche la tête, pas plus rassuré que lui. *Comment savoir si Maître Luigi n'a pas lui-même l'intention de nous doubler ?* Le prétexte est un rendez-vous afin de vendre les plants d'aconit volés aux laboratoires Goji, tout comme Lionel Parme lui vendait des informations sur ses recherches. *Tombera-t-il dans le panneau ? Rien n'est moins sûr...*

Éric, Élisa et Christophe s'installent donc dans un renfoncement du mur en béton, pour tenter de se protéger du froid glacial en attendant l'heure fixée, sans impatience. Pour ne pas risquer d'être repéré par Luigi et de faire ainsi capoter le plan, Alexandre a décidé de se tenir à distance. Déguisé en clochard, il est allongé sous le pont qui enjambe le fleuve, à une centaine de mètres de là. Emmitouflé sous une épaisse couverture de laine, le visage dissimulé par un bonnet mité, il est méconnaissable. Mais surtout, la toile dans laquelle il est enveloppé dissimule un fusil à lunette.

Ils contemplent les immeubles de l'autre côté de la Seine. À cette heure avancée, il n'y a plus que quelques lumières allumées aux fenêtres sur la rive d'en face. De loin, les sens d'Éric, exacerbés grâce au sang de Narjess, lui permettent de distinguer les lumières mouvantes d'une télévision encore allumée. En se concentrant, peut-être pourrait-il en entendre le son. *Dormez, braves gens. Nous veillons sur votre sommeil. Et peut-être demain vous réveillerez-vous dans un monde un peu plus sûr...* À ses côtés, Élisa tremble de froid. Il voudrait la prendre dans ses bras pour la réchauffer mais il n'ose pas.

Soudain, il se fige. Il entend des bruits de pas, un battement de cœur. Quelqu'un vient vers eux. Il tourne la tête, une forme s'avance dans leur direction, difficilement identifiable dans l'obscurité.

— Chuuut, il arrive... déclare-t-il à voix basse.

Élisa et Christophe s'immobilisent. Depuis sa cachette, le Chasseur a distingué leur infime raidissement et se tient prêt lui aussi.

Maître Luigi surgit des ténèbres face à eux. L'heure de la confrontation finale est arrivée.

Chapitre LIII
Confrontation finale • 2

Ainsi, c'est lui, l'assassin de mes parents... Éric découvre celui qui vient de s'arrêter à une dizaine de mètres. Il est vêtu d'un long manteau noir dont les pans retombent sur les jambes et d'où ne dépassent que deux bottes de cavalier. Son visage lui-même est dissimulé sous une capuche, invisible. Éric entend le cœur battre dans la poitrine du vampire. *Le monstre s'est nourri avant de venir, mais ce sera la dernière fois, j'en fais le serment.*

— Présomptueux de votre part, de me donner rendez-vous ici, dans un lieu aussi reculé. Ne croyez-vous pas ? demande Luigi d'un ton menaçant...

Cette voix, Éric la reconnaîtrait entre mille tant elle hante ses cauchemars depuis de nombreuses années.

Luigi garde une distance prudente. Au loin, Alexandre déroule avec lenteur son arme de précision. *Surtout ne rien faire qui puisse lui donner l'alerte. Même à cette distance, il peut entendre un bruit suspect. Il faut qu'ils gagnent du temps.*

Christophe est le premier à se ressaisir.

— On ne réussit rien dans la vie sans prendre de risques. Nous étions déjà vos proies, et nous savions que vous nous retrouveriez. Vous prouver que nous avons plus de valeur vivants que morts nous est apparu comme la meilleure option. Votre partenariat avec Lionel Parme fut fructueux pour lui, et nous avons mieux à vous proposer : nous avons pu extraire de l'aconit du repaire de votre rival, Théophraste.

Joignant le geste à la parole, Christophe dévoile plusieurs brins de la plante aux fleurs violettes, jusque-là dissimulés à ses pieds dans un sac en plastique. Instinctivement, le vampire fait un pas en arrière. Il se reprend néanmoins.

— Intéressant, et que croyez-vous pouvoir obtenir en échange ?

— Notre lettre parlait de 30 000 euros. Les avez-vous ? demande Élisa, intégrant à son tour la conversation.

Fais vite Chasseur ! Baratiner une telle créature ne pourra durer bien longtemps.

— Et pourquoi devrais-je payer alors que je peux le prendre par la force ? demande Luigi en éclatant d'un rire sardonique.

Donnez-moi l'aconit ! ordonne-t-il mentalement. L'attaque frappe Éric comme un coup de poing. Il chancelle sous la violence de l'injonction. Sous le choc, il inspire violemment, et respire du même coup l'essence d'aconit qui émane de son collier. Aussitôt, il retrouve ses esprits et reprend la maîtrise de son corps.

— Non, répond-il en grondant. Cette fois, vous ne ferez pas de moi votre jouet !

— Vraiment, tu crois ? demande Luigi d'un ton ironique. Votre petite plante est une protection bien dérisoire…

Au même instant, à cent mètres de là, Alexandre ajuste son tir. Dans sa lunette, la silhouette noire se découpe parfaitement. Il aligne la croix du viseur sur le cœur et bloque sa respiration. *Enfin !* L'être qu'il traque depuis tant d'années est à sa merci. En esprit, il revoit son père gisant dans une mare de sang, le cou brisé ; il revoit toutes les autres victimes que le monstre a laissées derrière lui depuis ; il a une ultime pensée pour Louise Malenne, la dernière en date, qu'il n'a pu sauver. Il presse la détente.

Sous l'impact, Maître Luigi tombe à la renverse et s'affale sur le sol.

Éric, plus rapide, se précipite vers lui, faisant jaillir de sous sa manche le pieu en bois que lui a confié son frère. *Il faut faire vite, la balle d'Alexandre ne l'immobilisera que quelques secondes.* Il arrive sur Maître Luigi, lève son pieu, prêt à frapper.

C'est alors que ses sens, exacerbés par le sang surnaturel de Narjess, percent enfin le voile d'obscurité de la capuche du vampire. Il distingue son visage, celui d'un jeune homme, nord-africain, mal rasé. Du sang s'écoule sur le bitume par sa gorge ouverte et ses yeux sont vitreux. Il est immobile, parfaitement immobile. D'ailleurs, il ne perçoit plus les battements de son cœur. Et surtout, ce n'est pas le visage de ses souvenirs, ce n'est pas le visage de l'affiche. Ce n'est pas Maître Luigi !

À ses pieds, un homme mort. Qui est-il ? D'où vient-il ? Éric ne le sait pas, mais il comprend brusquement que son frère a fait feu sur un leurre, qu'il a tué un innocent… Maître Luigi a déjoué leur piège et tendu le sien !

C'est alors qu'il sent sur la peau nue de son visage un infime souffle d'air, imperceptible pour le commun des mortels. Quelque chose bondit sur lui. Par réflexe, il se jette à terre pour l'esquiver, roule au sol pour s'éloigner et se redresse. À l'endroit où il se tenait encore une seconde auparavant, Maître Luigi, le vrai, vient de surgir de l'obscurité. Sans les dons octroyés par le sang de Narjess, il serait certainement mort.

Le vampire est accroupi sur le sol, dans une position qui rappelle plus le félin prêt à bondir sur sa proie que l'humain. Pourtant, cette fois-ci, il le reconnaît. Il retrouve ce visage ovale, cette longue queue de cheval d'un noir de jais, ces yeux d'un bleu glacial que semblent partager tout ceux de son espèce, cette barbichette taillée en pointe. Les vêtements du vampire eux-mêmes semblent être ceux de son souvenir, un pantalon et des bottes de cuir, un justaucorps et une chemise à jabot, noirs également. Maître Luigi semble tout droit sorti d'un film de cape et d'épée. Mais il est bien réel et prêt à en découdre.

— Belle petite mise en scène, déclare-t-il. Comment avez-vous pu croire que je n'aurais pas pris quelques précautions ? La mort d'un innocent de plus pèsera sur la conscience de ce maudit inquisiteur. Mais ce sera le dernier. Ce soir, je goûterai au sang du Chasseur !

Il fixe Éric des yeux.

— Mais en apéritif, je m'offrirais bien son frère. Je n'aurais pas dû t'épargner, il y a vingt ans.

Au loin, Alexandre essaye de cadrer un nouveau tir. Le temps des remords viendra plus tard, il lui faut frapper vite et fort, avant que Luigi ne tue une nouvelle personne. Mais avant qu'il ait pu ajuster son arme, Maître Luigi se rue sur Éric. Celui-ci tente de le frapper de son pieu, mais d'un revers de la main, le vampire envoie voler l'arme dans la Seine. Puis il saisit Éric à bras-le-corps. Impuissant, Alexandre assiste à la lutte dans le viseur de son arme. Ils roulent à terre. Éric tente de se débattre tandis que Maître Luigi approche sa gueule de son cou, prêt à le mordre. Alexandre n'ose tirer, il risquerait de toucher son frère.

Assez de victimes collatérales ! Ce ne sont pas mes balles qui enverront Éric au paradis. Il lâche le fusil.

— Viens m'affronter, si tu l'oses, fils du Diable ! hurle-t-il, tandis qu'il se redresse et court en direction du vampire.

Aussitôt, Maître Luigi penché sur la gorge d'Éric se relève. Il voit au loin le Chasseur venir à lui, prêt pour un corps-à-corps. *Enfin, tu t'offres à moi, Chasseur. Ton heure est venue !* D'un bond, il se dégage, semble voler dans les airs au-dessus de Christophe et d'Élisa avant d'atterrir sur le bitume à quelques mètres d'Alexandre.

Le Chasseur s'immobilise face au vampire. Le moment du duel final est venu. Leurs regards se croisent. Dans sa main droite, Alexandre tient serré le pieu en chêne, béni par le Pape, qu'il a préparé de longue date pour cette occasion. De sa main gauche, il défait sa chemise, révélant le crucifix, ultime cadeau de son père, qui ne quitte jamais son cou. Face à lui, le vampire s'avance à pas lents, prêt à l'affrontement. Il sourit, dévoilant ses canines effilées, lève ses deux mains, telles des serres prêtes à fondre sur Alexandre.

Chapitre LIV
Confrontation finale • 3

Alexandre tend la croix vers le vampire. Mais rien ne se passe. Le crucifix reste terne, aucune lumière divine n'en jaillit pour faire reculer les ténèbres. Le vampire éclate d'un rire macabre :

— C'est ainsi que cela se termine, Chasseur ? Ton Dieu t'abandonne au moment ultime ? Ta foi t'a quitté ? As-tu tué l'innocent de trop ce soir ou bien est-ce la vanité d'avoir cru pouvoir me vaincre et le désir de vengeance qui t'ont fait déchoir de la place qui t'est due parmi les saints ? Rassure-toi, je vais t'offrir l'occasion de demander directement à ton créateur.

Tel un aigle plongeant sur sa proie, Maître Luigi fond sur Alexandre. Celui-ci tente de lever son pieu pour l'intercepter mais il est bien trop lent face à la célérité surnaturelle du vampire. Celui-ci saisit le bras d'Alexandre d'une main et le tord. Dans un hurlement de douleur, il sent son épaule se déboîter. Il tombe à genoux. Maître Luigi le saisit par les cheveux, le forçant à le regarder droit dans les yeux.

— Non, Chasseur, je ne me repaîtrai pas de ton sang impur ! Ce serait te faire trop d'honneur.

Dans un ultime sursaut, Alexandre porte la main à sa botte où se trouve une autre lame en argent. Une fois encore, le vampire la saisit avant qu'il n'ait pu achever son geste. De force, il lui retourne la main. Le Chasseur voit avec horreur son propre couteau dans sa main se rapprocher de son cœur. Il tente de lutter avec la force du désespoir, sans effet. Il hurle de douleur quand la lame perce ses chairs.

À cent mètres de là, Éric, Élisa et Christophe observent la scène, impuissants. L'arme d'Élisa est trop imprécise pour un tir à cette distance. Aussi courent-ils de toutes leurs forces en espérant ne pas arriver trop tard...

Christophe Zalmer est le premier à atteindre le vampire. Mais il ne dégaine pas son propre pieu. Il a compris la futilité du geste. Au contraire, il stoppe. Il sait ce qu'il a à faire. *Ça va marcher, ça doit marcher.* Il se rapproche doucement du vampire, tentant de manifester un calme qu'il est loin de ressentir.

— Maître Luigi, l'interpelle-t-il, l'heure est venue pour vous d'affronter votre destin. L'humanité se portera mieux sans votre présence sur cette terre.

Le vampire se retourne, prêt à arracher la tête du prétentieux qui ose ainsi l'interrompre pendant son triomphe. Il contemple un instant le méprisable mortel qui se dresse face à lui. De l'extérieur, Christophe Zalmer n'a rien de majestueux. Un homme de taille modeste, vêtu d'une veste en jean élimé, le crâne dégarni. Pourtant, l'homme a une prestance, une aura intérieure qui trouble le vampire. Il voudrait s'avancer vers lui, le saisir et le projeter dans la Seine pour s'en débarrasser. Mais une force invisible l'en empêche. Plus encore, il se sent comme repoussé, rejeté loin du corps du Chasseur qui s'écroule au sol.

Que se passe-t-il ? Qui est-il pour avoir la Vraie Foi ? Il n'est même pas prêtre ! Christophe Zalmer continue d'avancer, levant vers lui son poing serré. Il murmure un chant à voix basse, presque inaudible : « *Combien de nos chairs se repaissent / Mais si les corbeaux, les vautours / Un de ces matins disparaissent / Le soleil brillera toujours.* » À ces paroles, son bras se met à luire dans la nuit, pas d'un éclat aussi aveuglant que celui qu'avait eu autrefois la croix d'Alexandre Miran, mais néanmoins suffisant pour désorienter le monstre.

Soudain, un coup de feu fend l'air nocturne, puis un second. Deux balles en argent frappent Maître Luigi qui chancelle sous l'impact et tombe à genoux. « *Noooon, ça ne peut pas finir ainsi !* », pense Maître Luigi. Juste derrière Christophe, Élisa le tient en joue, prête à faire feu de nouveau.

Impuissant, il voit Éric Miran arriver à son tour, se pencher pour ramasser le pieu gisant au pied du corps inerte de son frère. Son visage est un masque grave, frappé du sceau de la détermination. Il marche vers le vampire, immobilisé par les balles en argent et par la lumière émanant de Christophe Zalmer.

Éric lève le bras et croise le regard du vampire sans défense. Il n'éprouve pas la moindre once de compassion et n'hésite pas un instant. Il ne frappe ni par vengeance ni pour gagner une quelconque gloire. Tuer ou être tué, c'est tout. Entre le vampire et l'homme, entre le prédateur et sa proie, il n'y a pas de place pour la pitié.

Et pour la première fois, Luigi le vampire millénaire ressent la peur qu'il a infligée à des centaines, des milliers de victimes à travers les âges, obligé d'assister en spectateur impuissant à sa propre mise à mort. Il voudrait se débattre, il ne le peut pas. Son heure est venue.

Éric abat son arme et la plante dans le cœur.

En un instant, tout est fini. Le temps reprend ses droits sur un corps qui lui échappe depuis mille ans. En une fraction de seconde, celui-ci se décompose et redevient poussière. Une poussière emportée par la brise nocturne qui se disperse dans la Seine.

Éric se retourne vers son frère. Élisa est déjà penchée sur lui. Elle a pris sa tête dans ses mains. Mais le regard d'Alexandre est vide. Elle lève la tête vers Éric, désolée.

Il tombe à genoux et hurle sa douleur.

Ses parents ont obtenu vengeance, aucune autre famille ne sera plus jamais endeuillée. Mais à quel prix ! Il perd son frère au moment où ils se retrouvaient... pour la première fois depuis le décès de leur père.

Épilogue • 1

Élisa a du mal à réaliser qu'elle est en train de se rendre à son travail, qu'une longue et difficile journée l'attend au commissariat. *Comment ne pas se sentir un peu schizophrène dans de telles conditions ? Officier de police le jour, chasseuse de vampires la nuit...*

C'est le cœur serré qu'elle a laissé Éric à son deuil. Elle aurait voulu rester avec lui, le réconforter, l'aider à traverser la pénible épreuve. Elle voudrait que ses bras aient le pouvoir magique de lui faire tout oublier, de cicatriser ses blessures. Mais ce n'est pas le cas. Leur relation ne le lui permet pas. Alors, elle est là, au pied du bâtiment carrelé de blanc, à se résoudre à entrer. À l'intérieur, les inspecteurs de l'IGS l'attendent, ils ont des questions à lui poser. Des questions pour lesquelles elle n'a pas de réponse satisfaisante à donner. Mais elle n'a pas le choix.

À sa grande surprise, la vue familière du hall d'accueil l'apaise. Elle retrouve un environnement connu dans cette grande salle à la peinture défraîchie avec ses bancs en métal et son vieux comptoir en bois derrière lequel le policier de faction la salue. Il prend un air compatissant car chacun ici sait qu'une journée difficile s'annonce pour elle.

Elle monte les escaliers. La porte du bureau de la commissaire est fermée. Elle hésite, se dit que la salle de repos est au bout du couloir. *Allez, je fais comme si je n'osais pas la déranger, je vais me servir un petit café. Ça repoussera toujours l'échéance de quelques minutes. Toujours ça de gagné.* Elle se résout cependant à toquer pour signaler sa présence.

— Attendez dehors ! lui répond Myriam Duroc, d'une voix étrangement stressée.

Dans le couloir, Élisa fait les cent pas, tourne en rond. *Qu'est-ce qui peut bien la rendre nerveuse comme ça ? Les flics de l'IGS ont déjà commencé à lui mettre la pression ?* Son imagination se met à battre la campagne. *Que savent-ils ? Qu'ont-ils deviné ? Les demandes non-autorisées de fadettes ? La visite au domicile des parents de Lionel Parme ? Pire encore, mon passage aux laboratoires Goji ? Ai-je laissé le nom d'Éric traîner quelque part ?*

Enfin, la porte s'ouvre. La commissaire est blême. Elle lui fait signe d'entrer d'un ton sec. Élisa la suit, la tête baissée, prête pour une dure épreuve.

Mais, à sa grande surprise, le bureau de Myriam Duroc est vide. Aucun enquêteur des bœuf-carottes n'est là pour l'interroger, la cuisiner, *la faire mijoter à feu doux…*

Sa supérieure hiérarchique s'assoit à son bureau et fait signe à Élisa de faire de même. Contrairement à son habitude, la commissaire ne la regarde pas dans les yeux. Elle semble fixer un point lointain, sur le mur derrière elle. L'un de ses nombreux Post-it multicolores ? Elle s'adresse à Élisa d'une voix monocorde, glaciale :

— Le préfet m'a appelée. Quelqu'un lui a parlé de vous. Quelqu'un de très haut placé. Mais je suppose que vous savez de qui je parle ?

Non, je ne vois pas du tout. Où veut-elle en venir ? Élisa se tait ; elle attend la suite. Myriam Duroc poursuit donc, devant le mutisme de sa subordonnée.

— Bref, l'IGS ne s'intéresse plus à vous. Ils ont annulé leur visite aujourd'hui, et ne reviendront pas un autre jour. On m'a bien fait comprendre que je ne devais pas poser de question non plus et tirer un trait sur toute cette histoire ; y compris sur vos éventuels manquements à la déontologie.

Élisa n'en revient pas. Elle est complètement perdue. *Mais que se passe-t-il ?* Le débit des paroles de la commissaire s'accélère, elle semble pressée d'en finir :

— Donc, vous pouvez sortir de ce bureau. Je vous offre même la journée, je ne tiens pas spécialement à vous recroiser dans les couloirs aujourd'hui. Demain, nous essaierons de repartir à zéro, comme si rien ne s'était passé. Et je ne veux plus jamais entendre parler de cette histoire.

Sans laisser à Élisa l'occasion de répondre – elle ne saurait quoi dire de toute manière – la commissaire se tourne vers son ordinateur et l'allume. L'écran y affiche son éternel logo bleu blanc rouge. La main de Myriam Duroc reste suspendue au-dessus de la souris, attendant visiblement qu'Élisa se lève pour poursuivre. Cette dernière ne se fait pas prier.

Abasourdie, elle se retrouve seule dans la rue. L'air de cette matinée d'hiver lui fait du bien. Il règne une douceur inhabituelle pour la saison, comme un parfum de printemps en avance. *La nature fête-t-elle la disparition d'une créature qui défiait l'ordre des choses ?* Le soleil éclaire sa peau, lui procurant un agréable sentiment de bien-être. *Mais qu'est-ce qui s'est passé ?* demande-t-elle à la statue de Rouget de Lisle, trônant au milieu du carrefour devant le commissariat. Le bronze, bien sûr, ne lui répond pas. Par contre, son téléphone se met à sonner. Un numéro étranger s'affiche. Elle décroche.

— Lieutenant Alvarez, j'écoute.

À l'autre bout du fil, la voix s'exprime dans un français parfait, malgré un accent italien prononcé.

— Bonjour mademoiselle. Je suis le Cardinal Di Fiamenzo. J'étais un ami d'Alexandre Miran. J'aimerais vous parler.

— L'appel au préfet, c'était vous ?

La voix au bout du fil se fait douce :

— C'est le genre d'aide que je peux rendre à mes amis. Luc Martel en a souvent bénéficié.

— Vos amis n'ont pas une grande espérance de vie, dites-moi, répond Élisa, agressive.

— Hélas oui, répond la voix d'un ton sincèrement désolé. C'est pourquoi j'ai toujours besoin de faire de nouvelles connaissances. Voudriez-vous en être, mademoiselle Alvarez ? Nous avons besoin de gens comme vous.

Épilogue • 2

Depuis le toit de l'immeuble, Narjess contemple la ville à ses pieds. Vingt-huit étages la séparent du sol et des passants qui se hâtent de rentrer chez eux en ce début de soirée d'hiver. La plupart des commerces ont déjà fermé, seule une brasserie et quelques kebabs retiennent encore de derniers clients Elle apprécie ce point de vue, d'où tel un oiseau de proie, elle peut choisir ses futures victimes. Jettera-t-elle son dévolue sur ce jeune cadre dynamique qui rentre chez lui après un long dîner de travail, ou peut-être préfèrera-t-elle conclure de dramatique façon le dîner romantique de ces deux amoureux à la terrasse d'un restaurant chinois ?

Mais non, ce soir, son attention est attirée par un homme qui tourne et se retourne dans son lit au quatorzième étage de l'immeuble d'en face. Malgré la distance, elle l'entend gémir et soupirer comme si elle se trouvait dans la chambre. Une seule journée s'est écoulée depuis la mort d'Alexandre Miran et le chagrin de son frère ne s'est pas encore tari.

Il ne lui faudrait qu'un bond pour franchir le vide entre les deux bâtiments, s'accrocher à la fenêtre et pénétrer dans l'appartement. *Et pour faire quoi ? Le prendre dans mes bras et le bercer ? Suis-je tomber si bas ? La tristesse donne un goût amer au sang. Non, très peu pour moi....* Pourtant, elle ne parvient pas à détacher son attention d'Eric Miran.

Un infime frémissement d'air lui indique qu'une présence vient de se matérialiser à côté d'elle. A contrecœur, elle se retourne face à son père.

Theophraste semble incongru, dans son costume gris anthracite, perché sur le toit. Ses mocassins de cuir dépassent du rebord, mais il ne donne aucun signe de perdre l'équilibre. Il regarde Narjess tristement :

— Que faîtes-vous encore là, ma chère ? Il est l'heure de partir.

Puis il se tourne vers la tour face à eux, où Eric continue à pleurer son frère.

— Encore lui ? Votre attachement à ce mortel devient malsain... Repaissez-vous de son sang où faîtes-en votre enfant. Mais cet entre-deux ne peut pas durer.

Puis il la regarde droit dans les yeux.

— Mais quoi qu'il en soit, nous n'en avons plus le temps. Le Chasseur est mort, certes. Mais l'Eglise sait qui nous sommes et où nous trouver. Un autre Chasseur viendra, tôt ou tard. Une fois encore, il va nous falloir retourner aux ténèbres, nous forger une nouvelle identité.

Sans un mot de plus, sûr de son autorité, Theophraste s'élance dans le vide. Plus souple qu'un chat, il atterrit sans encombre soixante mètres plus bas, se redresse et disparaît dans la nuit.

Avant de le suivre, Narjess jette un dernier regard en arrière. *Je n'en ai pas fini avec toi, Eric Miran. Nous nous retrouverons. Dans un mois, ou dans dix ans, mais nous nous retrouverons.*

Épilogue • 3

Éric se penche et pose deux roses rouges sur la pierre tombale. Le marbre a commencé à se ternir, la tombe n'est plus très récente, et il vient rarement l'entretenir. Les lettres d'or gravées dans la pierre sont intactes : on peut y lire les noms des défunts, « Pierre et Julia Miran ».

Ce matin, il a éprouvé le besoin de venir se recueillir sur la tombe de ses parents. Bien sûr, il ne croit pas qu'il existe un *là-haut* d'où ils pourraient le regarder et voir qu'il leur a enfin rendu justice. Et bien qu'il n'ignore rien de la futilité du geste, il ressent une impérieuse nécessité à être là.

Il lui faut prononcer à voix haute les mots qui se pressent dans sa tête, et cette tombe vaut mieux que son reflet dans le miroir : « Justice vous a été rendue, mais Alexandre est mort. Il est mort en héros mais cela n'atténue pas la douleur. J'allais le retrouver, nous allions être frères comme vous le souhaitiez. Cela ne sera pas. »

Il entend des pas crisser sur les graviers de l'allée. En ce jour de semaine, le cimetière est pratiquement vide. Un vieux monsieur marche lentement au loin, courbé sur sa canne, certainement venu déposer un bouquet de fleurs sur la tombe de son épouse. Mais à part lui, personne. Le silence n'est troublé que par le bruit diffus de la voie rapide qui longe le cimetière. Tout y est du gris monotone des pierres tombales, hormis quelques tâches de couleur, rouges ou jaunes le plus souvent, là où les plus dévoués sont venus fleurir les tombes de leurs proches.

Les pas s'arrêtent un mètre derrière lui. Un doux parfum de vanille parvient à ses narines. Il reconnaît l'odeur qu'affectionne Élisa. Il ne dit rien mais il ne la chasse pas non plus. Elle s'approche doucement. Sans mot dire, elle glisse sa main dans la sienne. Il l'accepte, elle est chaude et douce ; ça lui procure un grand réconfort. Ils restent un long moment en silence. Élisa attend, patiemment. Enfin, Éric rompt le silence :

— Ils ont emmené le corps d'Alexandre tout à l'heure. Ils m'ont dit qu'il sera enterré dans l'enceinte du Vatican, avec les honneurs dus à sa charge. Ils m'ont proposé de les accompagner. J'ai refusé, ça n'est pas ma place.

Éric retourne à son silence. Élisa reste à côté de lui un long moment. Puis finalement, n'y tenant plus, elle demande :

— Et Théophraste ? Narjess ?

— Disparus tous les deux, répond-il. Christophe m'a laissé un message. Le DRH des laboratoires Goji est paniqué, il n'arrive plus à les joindre.

Nouveau silence. Éric serre plus fort la main d'Élisa, ça en est presque douloureux. Des larmes perlent au bord de ses yeux.

— Que vais-je devenir ? Mes parents sont morts depuis longtemps, mon frère vient de les rejoindre. Je n'ai plus de famille. Je n'ai plus de travail. Comment continuer à vivre normalement dans ce monde en sachant ce qui s'y dissimule la nuit ? Quel sens donner à tout cela ?

Il éclate en sanglot. La tension accumulée depuis tant de semaines se libère d'un seul coup. Élisa passe sa main dans son dos et l'attire contre elle. Il se laisse faire, se laisse aller à poser sa tête contre son épaule. Elle le prend dans ses bras.

— Je ne sais pas. Mais je suis là. Peu importe ce que l'avenir nous réserve, nous ne serons plus seuls pour l'affronter…

Remerciements,

Merci tout d'abord à mes premiers relecteurs pour leurs conseils avisés et leurs disponibilités, ma femme Chloé, ma mère Dominique et Seb.

Merci à ma fille aînée Mejdaline pour ses encouragements et à ma fille cadette Mélinée pour m'avoir offert de nombreuses occasions d'écrire au milieu de la nuit, entre deux biberons.

Contenu

Préface 5
Prologue • 1 9
Prologue • 2 13
Prologue • 3 16
CHAPITRE I L'entretien • 1 18
CHAPITRE II L'entretien • 2 22
CHAPITRE III Renaissance • 1 26
CHAPITRE IV Renaissance • 2 30
CHAPITRE V Une décision difficile 34
CHAPITRE VI Renaissance • 3 37
CHAPITRE VII Enquête sur un double meurtre • 1 40
CHAPITRE VIII Enquête sur un double meurtre • 2 46
CHAPITRE IX Premier jour • 1 50
CHAPITRE X Rendez-vous • 1 54
CHAPITRE XI Un bien curieux hasard 58
CHAPITRE XII Premier jour • 2 62
CHAPITRE XIII Rendez-vous • 2 66
CHAPITRE XIV Première rencontre 70
CHAPITRE XV Conversation nocturne 74
CHAPITRE XVI Dans la rue 78
CHAPITRE XVII Autre rencontre • 1 82

CHAPITRE XVIII Autre rencontre • 2 86
CHAPITRE XIX L'ombre du passé 91
CHAPITRE XX Soirée d'entreprise • 1 95
CHAPITRE XXI Soirée d'entreprise • 2 99
CHAPITRE XXII Soirée d'entreprise • 3 104
CHAPITRE XXIII Soirée d'entreprise • 4 107
CHAPITRE XXIV Soirée d'entreprise • 5 112
CHAPITRE XXV Espionnage • 1 117
CHAPITRE XXVI Enquête sur un double meurtre • 3 120
Chapitre XXVII Espionnage • 2 125
Chapitre XXVIII Espionnage • 3 128
CHAPITRE XXIX Conflit social • 1 130
CHAPITRE XXX Conflit social • 2 134
CHAPITRE XXXI À l'hôtel de police 139
CHAPITRE XXXII Lutte à mort • 1 142
Chapitre XXXIII Lutte à mort • 2 147
CHAPITRE XXXIV Lutte à mort • 3 151
CHAPITRE XXXV Lutte à mort • 4 156
Chapitre XXXVI Révélation • 1 160
Chapitre XXXVII Révélation • 2 164
Chapitre XXXVIII Élisa 168
CHAPITRE XXXIX Le légat du Pape 172
CHAPITRE XL Meurtre à domicile 178

Chapitre XLI Narjess • 1 183
Chapitre XLII Narjess • 2 187
Chapitre XLIII Narjess • 3 191
Chapitre XLIV Conseil de guerre 194
Chapitre XLV Vol au grand jour • 1 198
Chapitre XLVI Vol au grand jour • 2 201
Chapitre XLVII Vol au grand jour • 3 207
Chapitre XLVIII Vol au grand jour • 4 211
Chapitre XLIX Veillée d'armes 216
Chapitre L Visite nocturne 221
Chapitre LI Retour au commissariat 227
Chapitre LII Confrontation finale • 1 231
Chapitre LIII Confrontation finale • 2 236
Chapitre LIV Confrontation finale • 3 241
Épilogue • 1 245
Épilogue • 2 249
Épilogue • 3 251
Remerciements 253